Prickelndes Wagnis

Buch 1
Karibische Abenteuerromantik

Anna Lowe

Inhaltsverzeichnis

Der Schauplatz in Belize

Wo genau befindet sich Belize? Ein Segler wie Seb würde dir
vielleicht raten, von Mexiko aus nach Süden zu fahren und dich
dabei an der Küste zu orientieren. Aber komme ihr nicht zu
nahe, denn die Karibikküste von Belize ist mit tückischen Riffen und sandigen Buchten gesäumt. Im Landesinneren befinden
sich schlummernde Maya-Ruinen, die von dichtem Dschungel
überwuchert sind. Es ist relativ einfach, sich hier zurechtzufin-
den, denn Belize ist das einzige lateinamerikanische Land, in
welchem die Amtssprache Englisch ist – ein Überbleibsel aus
der Kolonialzeit. Insgesamt kann dieses kleine Land ein Para-
dies für Entdecker sein. Man braucht nur eine gute Karte und
einen Sinn für Abenteuer – genau wie Julie und Seb. Zumindest an einem guten Tag. An einem schlechten Tag, nun ja...
Lies einfach weiter!

Serendipity: das Eintreten eines Ereignisses durch glückliche Umstände.

Kapitel 1

Julie brachte ihre Kawasaki zum Stehen, zog ihren Pass heraus und streckte ihn zur Kontrolle vor.

Der Grenzbeamte verbrachte mehr Zeit damit, ihr Motorrad zu inspizieren – oder, so wie er sich nach rechts lehnte, möglicherweise ihren Hintern – als ihren Pass. Schließlich blätterte er durch ein paar Seiten und reichte ihn ihr zurück. „Willkommen in Belize."

„*Gracias.*"

Sie winkte, steckte ihren Pass wieder ein und fuhr mit dem Motorrad die Straße hinunter, nachdem sie noch einen Abschiedsblick in Richtung Guatemala geworfen hatte. Die sechs Monate, die sie dort verbracht hatte, waren alles gewesen, was sie sich erhofft hatte. Aber nun war es Zeit für neue Abenteuer. Wie zum Beispiel die Erkundung abgelegener Ruinen, nur so zum Spaß, denn sie war so lange in die archäologische Forschung vertieft gewesen, dass sie ganz vergessen hatte, die Schönheit der Maya-Architektur zu schätzen. Oder in den Regenwald zu gehen, um den Brüllaffen zuzuhören. Vielleicht würde sie auch an den Regenbogenriffen an der Karibikküste von Belize tauchen gehen, wenn sie ein günstiges Angebot finden konnte.

Kleine, harmlose Abenteuer waren es, die sie im Sinn hatte. Zwei Wochen Spaß als Belohnung für sechs Monate schweißtreibender Forschungsarbeit, bevor sie nach Hause fahren und sich auf ihre Doktorarbeit konzentrieren würde.

Das Motorrad rauschte die Straße hinunter und sie konnte sich die Küste schon vorstellen. Die kaleidoskopischen Riffe und den unberührten Sand. Verdammt, sie konnte das Salz in der

Luft praktisch riechen und das Geräusch der Wellen hören, die über den Strand spülten.

Ja, sie wäre in kürzester Zeit dort. Ein paar Stunden Fahrt, und schon würde sie sich mit einem guten Buch im Schatten einer Palme an einem karibischen Strand entspannen. So würde sie diesen kleinen Urlaub beginnen. Mit Frieden. Alleinsein. Zeit zum Entspannen, bevor sie sich entschied, welches Abenteuer sie als Nächstes wagen sollte.

Ein ohrenbetäubendes Kreischen tönte auf der Straße hinter ihr und sie warf einen Blick in den Seitenspiegel.

Auf der holprigen Tropenstraße hinter ihr kamen ein paar Jeeps angeflogen. Sie schlängelten sich zwischen den Autos hindurch und verfolgten jemanden. Den Staubwolken nach zu urteilen, die die Jeeps aufwirbelten, steckte dieser Jemand in großen Schwierigkeiten. Sie betätigte den Blinker, um ihnen auszuweichen. Die Jeeps rasten hinter ihr her und kamen beängstigend nahe. Die Motoren dröhnten immer lauter.

Sie wollte gerade anhalten, als sie noch einmal in den Spiegel schaute – und zweimal hinsehen musste.

Die Gesichter in den Jeeps, die gestikulierenden Hände – sie waren alle auf sie gerichtet. Genau wie die Gewehrläufe von drei oder vier Maschinengewehren.

Sie starrte so angestrengt in den Spiegel, dass sie fast den Tieflader vor sich gerammt hätte.

Diese Jeeps verfolgten nicht *irgendjemanden*. Sie waren hinter *ihr* her.

Hinter mir?

Die Zahnräder in ihrem Kopf drehten sich und sie versuchte, eine Erklärung zu finden. Vielleicht verfolgten sie ja doch jemand anderen. Vielleicht wollten sie sie nur aus dem Weg winken. Das musste doch der Grund sein, nicht wahr?

Aber in dem Moment, in dem sie langsamer wurde, um anzuhalten, taten sie es ebenfalls. Und als sie in Panik weiterraste, folgten sie ihr. Blinkende Lichter, quietschende Reifen – das volle Programm.

Der Wind peitsche ihr ins Gesicht, als sie sich über den Lenker beugte und um den Tieflader herum beschleunigte. Was?

Wie? Warum waren sie hinter ihr her? Sie hatte doch gar nichts getan!

Und doch raste sie mit halsbrecherischer Geschwindigkeit den Highway hinunter, überholte Autos, Maultiere und Busse, deren Auspuff qualmte. Die ganze Zeit über klebten die beiden Jeeps an ihr wie Fliegen an einem Kadaver – ein passendes Bild, wenn man bedachte, wie nahe sie einigen der Fahrzeuge kam. Nah genug, um mit dem Seitenspiegel ihres Motorrads in einem lauten Knall einen mit Hühnern beladenen Lastwagen zu streifen. Nah genug, dass sie das nächste Mal, wenn sie ihre Mutter anrief, um ihr zu versprechen, dass sie bei ihrer alleinigen Reise durch Lateinamerika vorsichtig sein würde, ganz schön lügen müsste.

Sie konnte das Gespräch jetzt schon hören.

Hast du gut auf dich aufgepasst, meine Süße? würde ihre Mutter fragen.

Ähm . . . ja. Abgesehen von rasanten Verfolgungsjagden auf überfüllten Straßen vielleicht.

Loszurasen war ein Fehler gewesen, so viel war sicher. Nur die Schuldigen flohen und sie hatte sich nichts zu Schulden kommen lassen, außer vielleicht gelegentlich bei Rot über die Straße zu gehen. Sie war diejenige, die sich immer an das Tempolimit hielt. Sie war diejenige, die noch nie etwas bei der Steuererklärung vergessen hatte, selbst damals, als sie noch Geld verdiente, bevor sie mit ihrem Masterstudium anfing. Sie war diejenige, die jedes Artefakt, das sie entdeckte, sorgfältig aufzeichnete, damit es nicht in die falschen Hände geriet.

Aber zu versuchen, dies einer Gruppe von bewaffneten Soldaten in ungekennzeichneten Fahrzeugen zu erklären, hatte keinerlei Reiz. Und als Single-Frau für fünf oder sechs Männer am Rand einer mittelamerikanischen Autobahn anzuhalten? Auf gar keinen Fall.

Brumm! Sie ließ den Motor aufheulen und scherte auf die Gegenfahrbahn aus.

Hupen tönten, als sie gerade noch zwischen zwei dahinrasenden Autos hindurch kam. Sie schoss einen mit Schlingpflanzen überwucherten Seitenstreifen hinunter, als auf der Straße hinter ihr Lärm ausbrach. Reifen quietschten auf dem Asphalt und ein unangenehmes Knirschen von Metall auf Metall kündigte einen Zusammenstoß an. Julie blickte nicht zurück. Das brauchte sie auch nicht. Das Aufheulen eines Motors verriet ihr, dass einer der beiden Jeeps ihr immer noch dicht auf den Fersen war.

Wer könnte hinter ihr her sein? Warum? Diese Jeeps könnten von der Polizei, vom Militär oder von Söldnern sein. In Mittelamerika war das schwer zu sagen.

Die Straße vor ihr verzweigte sich. Sie bog scharf nach links ab und raste schließlich durch ein verwinkeltes Dorf am Hang. Ein Mann, der unter einer Ladung Brennholz gebückt stand, hielt mitten im Schritt inne und starrte sie an.

„Passen Sie auf!", brüllte sie und ratterte eine unmöglich schmale Gasse hinunter. Schlamm spritzte und der Geruch von Kuhmist stieg ihr in die Nase. Der Lenker vibrierte unter ihren Armen.

Der Dorfbewohner sah ihr mit offenem Mund zu, als sie vorbeiraste. Ein anderer wedelte mit den Armen und rief ihr zu, dass sie anhalten sollte.

„*Alto!*" Sie hörte ihn wegen des aufheulenden Motors kaum, aber die Botschaft war ziemlich klar. „*Alto!*"

Anhalten? Sie würde jetzt auf gar keinen Fall anhalten. Sie wich einem Schlagloch aus und dröhnte weiter.

„Tschuldigung!" Als sie auf der anderen Seite des Dorfes herausgeschossen kam, hatte sie sich mindestens ein Dutzend Mal entschuldigen müssen, weil sie eine Wäscheleine zerstört, eine Schweinefamilie verjagt und einen Schulhof voller Kinder erschreckt hatte, als sie vorbeisauste. Aber verdammt, es hatte funktioniert. Der Jeep, der sie verfolgte, musste unterwegs irgendwo stecken geblieben sein, denn alles, was sie jetzt noch hören konnte, war das gleichmäßige Brummen ihrer Kawasaki.

Das und das Pochen ihres eigenen Herzens. Mein Gott. Was hatte das alles zu bedeuten gehabt?

In den nächsten zwei Stunden stellte sie sich diese Frage immer wieder, während sie durch Nebenstraßen flog, um den Abstand zwischen sich und ihren Verfolgern zu vergrößern. Erst als die Küste in Sichtweite kam, lockerte sie ihren starren Griff und hielt an, um nachzudenken.

Wenn sie nicht Unrechtes getan hatte, warum war die Polizei dann hinter ihr her?

Sie wand sich und versuchte, ihren Rucksack bequemer zwischen ihren Schulterblättern zurechtzurücken. Die Ecke von etwas Hartem bohrte sich immer wieder in ihren Rücken und...

Sie erstarrte.

Der Rucksack. Das Päckchen darin.

Das Päckchen, das sie als Gefallen für den Professor, der für ihre letzte Ausgrabung verantwortlich gewesen war, mit nach Belize gebracht hatte.

Oh mein Gott.

Um sie herum zwitscherten Dschungelvögel und es klang wie Klatsch und Gelächter, das über sie hereinfiel. Julie, was für ein Dummkopf. Julie, wie naiv.

Es sind nur ein paar Dokumente zusammen mit einem kleinen Geschenk, hatte Professor Leeds gesagt, als er sie gebeten hatte, es mitzunehmen. *Ich unterstütze ein Waisenhaus in Belize. Wären Sie so freundlich und würden es für mich abliefern?*

Sie schwang den kleinen Rucksack von ihren Schultern und fing an, krampfhaft nach dem Päckchen darin zu wühlen. Sie fummelte an der braunen Papierverpackung herum. Zog eine Ecke auf. Spähte hinein.

Und wurde ganz steif, als sie erkannte, was ich darin befand.

Heilige Scheiße.

Die Lüge des Professors war so glasklar wie das türkisfarbene Wasser, das sich in grünen und blauen Bändern bis zum karibischen Horizont erstreckte. Sie hatte kein Geschenk mit sich geführt. Sie hatte geschmuggelt.

Kein Wunder, dass sie gejagt wurde.

Kapitel 2

Nach einem langen Umweg durch Felder, über eine knarrende Holzbrücke und einen geschwungenen Fußweg rollte Julie in die verschlafene Stadt Santa Marta und steuerte direkt auf ihr Lieblingscafé am Meer zu. Das beruhigende Rauschen der Wellen am Strand, die atemberaubenden Pastellfarben der Riffe und ein kühles Getränk – diese Dinge würden ihr helfen, alles zu verstehen, nicht wahr?

Sie hatte nicht vorgehabt, nach Santa Marta zurückzukehren, aber ihr Instinkt hatte sie hierhergeführt. *Irregeleitet* trifft es wohl eher, denn mit diesem Ort war viel zu viel Herzschmerz verbunden. Aber irgendwann an diesem verrückten Morgen hatte sie aufgehört, zu denken, und war einfach ihrem Bauchgefühl gefolgt. Und anstatt nach Mexiko zu flüchten, war sie in dem beschaulichen karibischen Strandort gelandet, den sie zuvor als ihren Lieblingsort auf der ganzen Welt bezeichnet hatte.

Sie ließ sich auf einem Sessel im Coco Loco Café nieder und atmete tief durch. Es war ein höllischer Tag gewesen, selbst für ihre Verhältnisse.

Sie hob ihren Sonnenhut gerade so weit hoch, dass sie sich den Schweiß von der Stirn wischen konnte. Dann zog sie ihn wieder hinunter – tief. Je weniger Leute sie bemerkten, desto besser. Sie lehnte sich im Schatten des Strandcafés zurück und beobachtete, wie das Sonnenlicht durch die wogenden Palmen flimmerte.

Ein höllischer Tag und es war erst elf Uhr morgens.

Ja, sie würde von nun an auf jeden Fall vorsichtiger sein, was sie sich wünschte. Was war denn aus kleinen Abenteuern geworden? Aus einer Auszeit? Das hatte sie sich gewünscht.

Aber nicht *so*. Definitiv nicht das hier.

Sie drückte das kühle Glas ihres Smoothies einen Moment lang an ihre Wange, bevor sie den Strohhalm an ihre Lippen führte. Vielleicht würde ein kühler Schluck Papaya mit Eis ihre rasenden Gedanken verlangsamen und die Dinge wieder normal erscheinen lassen, denn sie hatte die Normalität scheinbar an der Grenze zurückgelassen.

Sie schloss die Augen, zog ihren Hut tiefer und versuchte, das Touristengeplauder an den anderen Tischen auszublenden.

„Ich schwöre, auf dem Dach des Busses waren mehr Hühner als Leute drin."

„Ja, der Fahrer hatte tolle Reflexe – mit der Hupe. Aber die Bremse hat er kaum berührt."

„Das sage ich auch immer. Du willst ein Abenteuer? Fahr einfach mit einem Bus in Mittelamerika."

Abenteuer? Busse? Wenn sie nur wüssten. An diesem Morgen hatte sie das alles erlebt. Ihr Herz pochte immer noch in ihrer Brust und ihre Arme zitterten, weil sie über so viele Unebenheiten gerast war.

Die Dielen auf der Terrasse des Cafés knarrten, als sich jemand näherte. Ein Schatten huschte über ihr Gesicht. Sie konnte ihn spüren, auch wenn sie die Augen geschlossen hatte. Ihre Nasenflügel bebten bei dem Geruch. Irgendwie war er ihr vertraut.

Angenehm.

Männlich.

Nahe.

Ihr Puls beschleunigte sich und ihr Bauch wurde warm, als ihr dämmerte, wer es war.

Nicht er. Bitte, nicht er.

Hatte sie heute Morgen nicht schon genug durchgemacht? Und jetzt das?

„Julie", sagte eine leise Stimme. Eine allzu vertraute Stimme, die sie einst ganz nah an ihrem Ohr gehört hatte. Nahe an allen möglichen Körperteilen, um genau zu sein.

Selbst mit geschlossenen Augen wusste sie, wer es war. Und als sie die Augen öffnete, wurde es nur noch schlimmer, weil sie nicht länger so tun konnte, als würde sie träumen.

„Du." Sie kniff die Augen zusammen. Denn er war es wirklich.

Karamellbraune Augen, sanft und aufrichtig. Markante Wangenknochen und dünne akzentuierte Augenbrauen, die verrieten, dass er sich Sorgen gemacht und gewundert hatte. Perfekte weiße Zähne hinter perfekten korallenrosa Lippen ließen ein dünnes Lächeln aufblitzen, das versprach, dass er sich an jede heiße Nacht erinnerte, die sie zusammen verbracht hatten, und an jeden idyllischen Tag in der besten Woche ihres Lebens.

Seb.

Er ließ sich auf den Sessel ihr gegenüber plumpsen und sah reumütig und geplagt aus. Eine Hälfte von ihr wollte sich in seine Arme werfen, so wie am ersten Abend, als sie sich kennengelernt hatten. Die andere Hälfte wollte ihm ihr Getränk ins Gesicht schleudern.

„Wegen dieses Freitags", begann er. Seinem Tonfall nach zu urteilen, hätte man meinen können, *dieser Freitag* sei zwei Tage her und nicht zwei Monate. Der Freitag, an dem er sie sitzen gelassen hatte.

„Der Freitag, an dem du mich versetzt hast." Sie schleuderte die Worte direkt an ihn zurück.

Er riss die Hände wie ein schuldbewusster Mann nach oben. „Ich kann es erklären."

„Ich wette, dass du das kannst."

„Das Wetter hat umgeschlagen."

Sie warf den Kopf zurück und stieß ein humorloses Lachen aus. „Das Wetter. Richtig."

„Julie", sagte er und es war ein Flüstern. Ein Flehen.

Und ein dummes Mädchen, wie sie war, ließ sie ihre Deckung fallen und erlaubte sich, in seine Augen zu sehen. Ein großer Fehler, denn diese Augen konnten eine Frau am helllichten Tag verführen. Diese Augen und dieser ernste Ausdruck, der sagte: *Vertraue mir, ich bin ein guter Kerl.* Es war genau wie an dem Tag, an dem sie sich an einem Ort ganz in der Nähe kennengelernt hatten. Sie war nach Belize gekommen, um eine Woche Urlaub von ihrer Ausgrabungsstätte in Guatemala zu machen, und hatte sich gerade in ihr Buch vertieft, als Seb auf sie zu schlenderte. Und einfach so verlor sie sich in seinen

Augen, die sie anlächelten – er lächelte, als wäre sie das, wofür er den ganzen Weg von Nordamerika hierher gesegelt war. Als wäre sie sein Ziel. Als könnte er die ganze Geschichte vor sich sehen und es kaum erwarten, sie mit ihr in Echtzeit zu erleben.

„Nicht einmal eine Nachricht. Nicht einmal ein Abschied." Gott, sie klang verbittert. Aber zur Hölle, das war sie auch. Sie hatte sich ihm in der Nacht, in der sie ihn beim ersten One-Night-Stand ihres Lebens kennengelernt hatte, hingegeben. Sie war am nächsten Morgen mit ihm aufgewacht und hatte fast die ganze Woche mit ihm verbracht. Aber als der Freitag kam...

„Ich dachte, wir hätten... " Sie verstummte und war nicht bereit, den Rest laut auszusprechen. *Ich dachte, wir hätten etwas Besonderes.*

Das dachte ich auch, sagten seine Augen.

Sie schüttelte den Kopf. Zwei Monate, und verdammt noch mal, er sah sogar noch mehr zum Anbeißen aus. Sein schwarzbraunes Haar war jetzt lang genug, um sich um seine Ohren zu locken, und seine Haut schimmerte in einem noch tieferen Bronzeton. Als sie ihn kennengelernt hatte, hatte er noch die letzten Spuren des New Yorker Geschäftslebens mit sich getragen: die gerunzelte Stirn, die unruhigen Finger, den eiligen Gang. Aber jetzt war der Streifen seiner Armbanduhr seiner Bräune gewichen, sein Hemd saß locker und sein Kiefer war unrasiert. Er war jetzt mehr Seeräuber als Wochenendsegler – und Gott, sie sollte sich in Acht nehmen.

Die Kellnerin flitzte sehr viel schneller herbei, als sie es für Julie getan hatte, und klimperte Seb mit den Wimpern zu. „Kann ich dir ein Getränk bringen?"

„Ja", sagte er.

„Nein!", bellte Julie.

Die Kellnerin schaute zwischen ihnen hin und her und hielt ihr Tablett wie einen Schutzschild hoch. „Vielleicht gebe ich euch eine Minute."

Ach was, eine Minute. Als ob die helfen würde.

„Julie." Seb versuchte es erneut, als die Kellnerin gegangen war.

Sie hob eine Hand, um ihn zu unterbrechen, bevor seine sanften Töne sie erneut zum Schmelzen bringen konnten. Was war schon dabei, wenn der Mann küsste wie ein Pirat, der gerade erst in den Hafen eingelaufen war? Dieses Mal würde sie stärker sein, klüger. Dieses Mal würde sie ihn abweisen.

„Du brauchst gar nicht...", begann sie und machte sich bereit, ihn in die Wüste zu schicken.

Sie beendete den Satz jedoch nicht, denn auf der Straße hinter ihm ertönten das Quietschen von Bremsen und das darauffolgende Zuschlagen von Türen. Drei rauflustige Köter, die am Straßenrand geschlummert hatten, huschten auseinander, als ein halbes Dutzend Männer in kakifarbenen Uniformen aus zwei Jeeps sprangen und die Straße absuchten.

Verdammt.

Sie riss den Blick zu Seb hoch. Dann zu den Männern auf der Straße. Zurück zu Seb. Ihr Herz fing wieder an zu pochen und in ihrem Kopf drehte sich alles. Verschwinde! Verschwinde!

Aber wie? Wohin?

Ihr Blick wanderte dorthin, wo sie ihr Motorrad geparkt hatte, und dann zu Seb hinüber. Die Sekunden zogen sich in die Länge, als sich ihr Magen in einer Reihe von verrückten kleinen Sprüngen überschlug.

Sie hatte die Wahl zwischen Seb und der Bande todbringender Schläger, die sich näherten. Es war nicht wirklich eine Wahl, denn selbst ein Herzensbrecher war das geringere dieser zwei Übel.

„Kannst du Motorrad fahren?", fragte sie und hielt den Atem an.

Er blinzelte. „Was?"

„Weißt du, wie man Motorrad fährt?"

Kapitel 3

Wusste er, wie man Motorrad fuhr?

Seb starrte Julie an und versuchte, all die Gefühle zum Ausdruck zu bringen, die ihm vom Herz in die Kehle sprangen. Vielleicht hoffte er sogar, dass sie sich in seine Arme stürzte. Aber nein, das wäre nicht Julie: Indiana Jones mit zwei X-Chromosomen. Nicht, dass sie irgendeine der Requisiten gehabt hätte: keinen Hut, keine Peitsche, keine Lederjacke. Nur das Funkeln in ihren Augen, die einsatzbereite Haltung, die Geschichten, die sie zu erzählen hatte.

„Ähm ... ja, ich kann Motorrad fahren."

Aber warum war das wichtig? Was machte sie überhaupt hier? Er war schon so oft durch die Stadt gegangen, um sie zu suchen. Und jetzt – seine letzte Chance, bevor er nach Panama weitersegelte – war Julie plötzlich da. Wenn das kein Schicksal war, was dann?

Nur schien sie dem Schicksal keine Chance geben zu wollen und er vermasselte gerade alles. Aber wie sollte ein Mann klar denken, wenn alles in ihm in Flammen stand?

Er fuhr sich mit den Fingern durchs Haar und rieb sich mit den Handflächen über die Wangen. Denn sie war es wirklich. Julie, mit ihren meergrünen Augen, den küssbaren Lippen und dem spitzen, feenhaften Kinn. Julie, mit der Angewohnheit, die Wangen nach innen zu saugen und an ihrem sandfarbenen Pferdeschwanz zu zupfen, bevor sie sagte, was ihr durch den Kopf ging. Julie brachte ihn zum Schmelzen, jedes Mal. Außen so hart wie Stahl und innen ganz weich wie ein Kätzchen. Er wusste es; er hatte gesehen, wie sie mit den Kindern der Gegend Ball spielte und Essensreste für dünne Straßenköter aufhob.

Er hatte gesehen, wie sie auf den Horizont blickte und sich im Stillen Dinge wünschte.

Aber jetzt hatte sie etwas Verletzliches an sich und er wollte unbedingt wissen, was das war. Als sie zum ersten Mal zu ihm aufgeschaut hatte, hatten ihre Augen mehr als nur Wut ausgestrahlt – und er musste auch wissen, was das gewesen war.

Und doch fiel ihm nichts anderes ein als: *Ich kann es erklären.*

„Dann nimm es. Nimm das Motorrad." Sie winkte mit einer Hand die Straße hinunter und kramte mit der anderen Hand in ihrer Tasche. „Fahr um den Block. Wir treffen uns auf der anderen Seite."

„Ähm… "

Sie hatte ihn zuvor angesehen, als wollte sie ihn mit Blicken töten, aber jetzt starrte sie über seine Schulter. Mit vor Überraschung weit aufgerissenen Augen – oder war es Angst? Seb drehte sich um und entdeckte ein halbes Dutzend Soldatentypen in Tarnkleidung, die aus zwei Jeeps ausstiegen. Als er sich wieder zu Julie umdrehte, hatte sie die Krempe ihres Hutes so tief nach unten gezogen, dass er kaum noch ihr Kinn sehen konnte. Was war hier eigentlich los?

„Hole das Motorrad. Jetzt!" Sie warf einen Schlüsselbund zu ihm hinüber. Es gab ein kratzendes, metallisches Geräusch, als er über die Formica-Tischplatte zischte und seine Handfläche traf.

„Hole es." Ein Zucken ihrer Schulter verriet ihm, in welcher Richtung das Motorrad geparkt stand. „Wir treffen uns auf der anderen Seite des Blocks." Sie stieß sich so schnell vom Tisch ab, dass ihr Stuhl nach hinten kippte, aber schnell wie ein Panther streckte sie eine Hand aus und fing ihn auf.

„Julie… "

Mehr schaffte er nicht, bevor sie sich den Rucksack auf die Schulter schwang und loslief.

„Geh einfach! Beeile dich!"

„Jul–", protestierte er, aber sie war schon weg.

Kapitel 4

Seb blinzelte ihr hinterher. Die ersten beiden Schritte von Julie waren ein eiliger Spaziergang. Die nächsten zwei joggte sie und dann sprintete sie den geschwungenen Pfad zwischen dem Café und der Mauer des Nachbargrundstücks hinauf.

„Julie?"

Er war schon ein- oder zweimal in diese Richtung gegangen. Dort hinten gab es nichts außer einer heruntergekommenen Toilette und einem dämonischen Hund an einer Kette, die etwa vier Glieder zu lang war. Der Weg endete an einer Zementblockmauer, die mit Glasscherben gespickt war. Was glaubte sie, wohin sie ging?

„*Alto!* Halt!"

Schreie ertönten und Schritte polterten durch das Café. Seb drehte sich um und sah vier Soldaten-Polizisten – große Kerle –, die die Verfolgung aufnahmen.

Sie verfolgten Julie? Mein Gott, was hatte sie getan?

Der Hund draußen fing an zu bellen und Seb stellte sich vor, wie Julie verzweifelt an der zu hohen Wand hinaufstarrte.

„Pass doch auf, Mann!", brüllte einer der Rucksacktouristen.

Der erste Polizist wich dem Stuhl des Mannes aus. Dann duckte er sich unter einem flatternden, rotblauen Fleck hindurch – dem zahmen Tukan des Cafés, der auf einem Trapez saß. Ein zweiter Mann war ihm dicht auf den Fersen und hielt eine Hand über einer Beule unter seiner Jacke. Verdammte Scheiße. Eine Pistole?

„Hey! Stopp!" Die Kellnerin protestierte mit dem gleichen hochfrequenten Kreischen wie der Tukan gegen die Eindringlinge, aber die Männer schoben sich an ihr vorbei und sandten dabei ein Tablett mit rosa Smoothies durch die Luft. Der Moment spielte sich in Sebs Kopf wie in Zeitlupe ab.

Julie. Flieht.

Männer. Verfolgen sie. Männer mit Waffen.

Die Smoothiegläser zerschellten auf dem harten Boden und etwas Ursprüngliches brüllte in ihm auf. Wenn er aus seiner Haut hätte schlüpfen und sich in einen Grizzly verwandeln könnte, hätte er es auf der Stelle getan.

Halte sie auf! Rette Julie!

Aber Julies Worte hallten immer noch durch seinen Kopf. *Hole das Motorrad!*

Nur sie konnte diese Worte sagen, während sie mit Vollgas in eine Sackgasse rannte.

Wenn er tat, was sie sagte, würde er wahrscheinlich gerade noch rechtzeitig zurückkommen, um zu sehen, wie Julie in Handschellen in einen Jeep gezerrt wurde und die Männer auf ihrem Weg in ein schreckliches Schicksal mit Fußtritten und Flüchen bekämpfte.

Wenn er nicht tat, was sie sagte... Würde sie trotzdem in einen Jeep gezerrt werden und *ihn* auf ihrem Weg in ein schreckliches Schicksal mit Fußtritten und Flüchen bekämpfen.

Er sprang auf, schob seinen Stuhl in den Gang und brachte den ersten Mann dabei zum Stolpern.

„Hey!", brüllte der Mann und ging hart zu Boden.

Sebs sich aufrichtende Schulter traf das Kinn des zweiten Mannes. Ein deutliches „Uff!" ertönte, als der Mann zurücktaumelte.

„Hey, Mann!" Seb riss seine Hände in gespielter Überraschung in die Höhe. „Passt doch auf!"

Der Mann knurrte und drängte weiter. *Rumms* – Seb stieß mit dem dritten Mann zusammen und, *hoppla* – lies den vierten stolpern. Abgesehen von Flüchen huschten sie auf der Suche nach ihrer Beute alle weiter.

Es gab eine Flut von Schreien und Gebrüll, als die Männer aus seiner Sichtweite verschwanden und auf den knurrenden Hund trafen. Cerberus – so hatte Julie ihn genannt. Sie bestach den Köter mit Essensresten und dieser speziellen Hundemagiestimme, die sie bei Tieren, kleinen Kindern und langsam denkenden Barkeepern anwandte. Sie könnte also gerade einen Moment Aufschub bekommen.

Aber trotzdem gab es da immer noch diese Mauer mit den scharfen Glasscherben – die Dritte Welt-Version von Stacheldraht. Wie sollte sie die überwinden?

Aber wenn es eine Sache gab, die Seb in der Woche, die sie in den Armen des anderen verbracht hatten, über Julie gelernt hatte – abgesehen davon, dass sie seidige Haut, ein süßes Lächeln und lange Beine hatte, die einen Mann um den Verstand bringen konnten –, dann war es, dass das Unmögliche möglich war. Das und die Tatsache, dass Julie es hasste, wenn man sie infrage stellte. Also stürmte er durch das Getümmel des Cafés und sprintete den Block hinunter. Er entdeckte das Motorrad hinter einer halb eingestürzten Mauer, schob es auf die Straße und sprang auf. Als er den Motor anließ, berührte seine Wade etwas Kühles und Glattes – den Stahl einer Machete, die sie an die alte, lederne Satteltasche auf der rechten Seite des Motorrads geschnallt hatte.

Er brauste um die Ecke, bog dann erneut ab, um den Block zu umfahren, und kam parallel zur Rückseite des Cafés zum Stehen. Und verdammt, Julie war schon da und rannte mit Volldampf auf ihn zu. Noch bevor er zum Stehen kam, schwang sie sich wie ein Cowgirl hinter ihm auf und klopfte auf seinen Arm.

„Los! Los!" Sie umschlang seine Taille.

Kapitel 5

Seb gab so viel Gas, dass der Vorderreifen fast vom Boden abhob. Sie rasten die Gasse hinunter, sodass die zwei Polizisten, die es über die Mauer geschafft hatten, zur Seite sprangen. Ein dritter war halb gefallen, halb gesprungen und der vierte hockte ungelenk auf dem Dach, schrie und hielt sich die Hand.

Julie quetschte seine Rippen mit der Hand. „Vollgas! Los!"

„Mein Gott, Julie, was hast du getan?", rief er über seine Schulter.

„Ich habe gar nichts getan!"

Etwas knallte in der Gasse und zischte an seinem Ohr vorbei. Er duckte sich. „Heilige Scheiße!" Hatten die Männer wirklich geschossen? Auf sie?

„Schneller!" Julie hatte ihm schon so manche Anweisung ins Ohr gebrüllt und er war immer mehr als bereit gewesen, sie zu befolgen. Aber hier ging es um Leben und Tod und er war ihr einen Schritt voraus, beschleunigte um die nächste Ecke, um aus der Schusslinie zu kommen.

Eine zweite Kugel pfiff an seinem Ohr vorbei. Julie stieß einen Fluch aus und zuckte, wodurch das Motorrad aus dem Gleichgewicht geriet. Sie klammerte sich an sein Hemd. Er streckte seinen rechten Fuß aus und rutschte mit der Sohle seines Schuhs über die unbefestigte Straße, um nicht zu stürzen.

„Julie?"

Sie richtete sich auf und festigte ihren Griff um seine Taille.

„Geht es dir gut?"

„Alles klar", sagte sie, aber ihre Stimme klang unnatürlich angespannt. „Fahr!"

Er verlagerte sein Gewicht und bog mit hoher Geschwindigkeit um die Ecke. Kaum hatte er dies getan, explodierte der Lärm an seinen Ohren.

Huuuup!

Für den Bruchteil einer Sekunde gab es nur dieses grässliche Geräusch und den Anblick eines Metallgitters, das auf ihn zuraste – die Vorderseite eines Busses. Ein Bus, der ihn und sein Cowgirl in die Vergessenheit reißen würde, bevor er die Chance bekam, ihr alles zu sagen, was er zu sagen hatte. Es war einer dieser wild dekorierten mittelamerikanischen Busse mit roten Flammen und Haifischzähnen, die auf die Motorhaube gemalt waren.

Er wich in letzter Sekunde aus und schrie innerlich auf. Der Bus schoss so dicht an ihm vorbei, dass er den Luftzug auf seiner Haut spüren konnte. Ein Ruck am Gas brachte sie durch eine blaue Abgaswolke und zurück auf die offene Straße.

Das Kreischen der Bremsen des Busses hallte noch immer in seinen Gedanken nach, als er mit hämmerndem Herz in der Brust die Hauptstraße hinunterraste. Er bog bei der nächsten Möglichkeit links ab und raste die Küstenstraße hinunter, ohne zu wissen, wohin er fuhr – Hauptsache weit weg.

Julie stieß ihn am Arm an und zeigte nach links. Zuerst sah er Blut, weil ihre Hand damit verschmiert war, aber sie zeigte so eindringlich, dass er zu einem gewundenen Feldweg aufschauen musste, der in einem Dschungelstreifen verschwand.

„Dort! Fahr dort hinein!"

Der Platz reichte gerade aus, um einen entgegenkommenden Langholzlaster zu überholen. Er flog den Weg hinauf und um eine enge Kurve, in der dicke Ranken tief über die Straße hingen. Dann hielt er an und stellte den Motor ab. Julie lehnte steif an seinem Rücken und lauschte auf jedes Geräusch einer möglichen Verfolgung. Ihr Brustkorb hob sich mit keuchenden Atemzügen, genau wie der seine. Als würden sie um ihr Leben sprinten, anstatt auf ihrer Oldtimer-Kawasaki zu fahren.

Oldtimer. Ein Teil von ihm gluckste innerlich. Er hatte das Motorrad einmal als alt bezeichnet und sie hatte es als persönliche Beleidigung aufgefasst.

Lucy ist nicht alt!

Lucy?

Das Motorrad. Und das Wort, nach dem du suchst, ist Oldtimer. Nicht alt.

Das war Julie; sie hatte ihren Stolz. Eimerweise davon. Das und eine Persönlichkeit, die groß genug war, um alle leblosen Gegenstände um sie herum mit Leben zu füllen.

Hinter dem Schleier der Bäume rumpelte der Verkehr auf dem Küstenhighway vorbei. Die Geräusche wurden lauter, als rasende Reifen und eine Reihe befehlsgebender Huptöne vorbeirauschten. Jeder Muskel in seinem Körper spannte sich an, bis die Jeeps an ihnen vorbeigefahren waren. Die Tonlage änderte sich und verblasste allmählich, als sich der Raum um ihn herum mit den Rufen von aufgebrachten Waldvögeln füllte.

Seb schloss die Augen. Sie waren in Sicherheit. Zumindest für den Moment.

Ohne nachzudenken, ergriff er Julies Hand, die immer noch an seine Schulter geklammert war. Etwas Warmes und Klebriges tropfte auf seine Finger. Julies Körper war steinhart. Er drehte sich auf dem Sitz um.

„Hey, geht es dir gut?"

„Alles gut", sagte sie durch zusammengebissene Zähne. „Lass uns von hier verschwinden."

Er folgte dem Blut an ihrer Schulter mit den Augen.

„Mein Gott, Julie!"

„Es ist gar nicht so schlimm."

„Sie haben dich angeschossen?"

„Sie haben mich gestreift. Komm schon. Lass uns abhauen."

„Mein Gott, was hast du getan?"

Sie stieß ihm in die Rippen. „Ich habe gar nichts getan! Und warum hast du so lange gebraucht?"

Nur Julie konnte in einem Moment wie diesem einen solchen Satz von sich geben. Hätte er nicht immer noch gezittert, hätte er vielleicht laut gelacht.

„Okay, lass uns von hier verschwinden." Das war leicht gesagt, aber was sollten sie tun? Die Jeeps würden nicht weit fahren, bevor sie umdrehten und zurückkamen. Wohin konnte er Julie bringen, um für ihre Sicherheit zu sorgen?

Sein Blick schweifte nach rechts. Obwohl er durch den Dschungelstreifen nichts sehen konnte, konnte er das Salz des Meeres riechen, das dahinter lag. Er konnte sich die leuchtend blauen und grünen Streifen und den silbrigen Horizont vorstellen.

Er drehte sich wieder zu Julie um, die immer noch keuchte und wilde Augen machte. Sie war ihm so nah, dass sein Herz stockte, und er konnte nicht anders, als ihre Wange zu streicheln. So nah, Angesicht zu Angesicht, Körper an Körper.

Er hatte so sehr versucht, dies zu vergessen – diesen Sog, der jedes Mal anfing, wenn Julie in seiner Nähe war. Aber es fühlte sich so richtig an, sie bei sich zu haben, auch wenn die Umstände völlig falsch waren.

Er wandte seinen Blick ab und richtete sich auf, um den Motor wieder zum Leben zu erwecken.

„Wohin?" Ihre Stimme schwankte, so wie ihr Blick geschwankt hatte, als er sie berührte.

„Wir fahren zurück in die Stadt und verstecken das Motorrad."

„Sie werden es finden. Sie werden uns finden."

Uns. Ihm gefiel wie das klang.

„Nicht, wenn wir es gut verstecken." Er riskierte ein freches Grinsen. „Und nicht, wenn wir dorthin gehen, wo sie es nicht von uns erwarten."

Sie schaute ihn mit fragenden grünen Augen an.

„Auf das Boot. Wir gehen aufs Boot und segeln davon."

Sie starrte ihn an, als hätte er ihr gerade einen Ritt auf einem fliegenden Teppich angeboten. „Auf das Boot?", murmelte sie. „Dein Boot? Die *Serendipity*?"

Seine Brust wurde ganz warm. „Ja, die *Serendipity*. Lass uns aufbrechen."

Kapitel 6

„Julie?"

Sie blinzelte ein paarmal, bis die Welt wieder in ihren Fokus kam. Da waren eine Hand, die von oben nach ihr griff, und eine Stimme, die ihren Namen rief. Das geschwungene Heck eines Segelbootes kam in Sicht und das Meer schaukelte unter ihr. Die Stimme kam von irgendwo weiter oben, hinter der Reling am Heck des Bootes und über den geschwungenen Buchstaben, die den Namen des Segelbootes bildeten: *SERENDIPITY*.

„Geht es dir gut?", fragte Seb hinter ihr.

Sie blinzelte erneut und versuchte, den Nebel zu durchbrechen, der sich ihrer Gedanken bemächtigt hatte.

„Komm schon, Tobin, hilf ihr hoch", sagte Seb.

Sebs starke, ruhige Präsenz musste sie in einen Dämmerzustand versetzt haben, denn sie saß immer noch im Beiboot und versuchte, alles zu verarbeiten, was passiert war. Verfolgt zu werden. Mit dem Motorrad zu entkommen. Von der Kugel gestreift zu werden. Das Motorrad stehen zu lassen und zum Schlauchboot zu eilen, um zu Sebs Boot zu gelangen, wo sein Bruder wartete.

Tobin. Das war der Name von Sebs Bruder. Der lustige Typ mit dem Tausend-Watt-Lächeln und dem frechen Grinsen. Der Typ, der in die Reihe der Chippendales oder auf die Seiten einer Zeitschrift passen würde. Tobin war derjenige, der sie vor all diesen Wochen in einer Kneipe sofort angebaggert hatte. Sie hatte ihn augenblicklich abblitzen lassen, ohne sich für ihn zu interessieren. Dann war Seb gekommen, um sich für seinen Bruder zu entschuldigen. Sie hatte Seb genauso schnell abweisen wollen, aber irgendwie war sie an diesen Augen und seiner ruhigen Stimme hängen geblieben.

Sie zuckte zusammen, als Tobin sie an ihrem verletzten Arm hochzog.

„Ohh. Was ist passiert?"

Das fragte sie sich auch.

Seb ließ sie im Cockpit zurück, nachdem er sie wie ein verlorenes Kätzchen in ein Strandtuch gewickelt hatte, während er und Tobin auf dem Boot herumhuschten und sich beeilten, den Anker zu lichten. Komisch, dass er immer davon gesprochen hatte, sie an Bord einzuladen, aber dies war ihr erstes Mal. Er hatte immer die eine oder andere Ausrede gehabt. Die meisten davon hatten mit seinem Bruder zu tun. Außerdem hatten sie sich zwischen den Laken ihres Strandbungalows zu gut amüsiert, als dass sie weit gekommen wären. Gott, es hatte nicht viel gebraucht, dass sie sich in ihn verliebte. Seb, der New Yorker Unternehmensberater, der zum Seeabenteurer geworden war. Was hatte sie sich nur dabei gedacht?

Wärme sickerte durch ihren Körper, als sie sich daran erinnerte, wie er den Kopf geneigt hatte, um ihr zuzuhören – wirklich zuzuhören. Wie er langsam mit einem Finger über ihren Arm gestrichen hatte. Die Art, wie er sie ansah, als ob ihm nichts auf der Welt wichtiger wäre als sie.

Ja, einem Mädchen konnte verziehen werden, wenn es sich in einen solchen Kerl verliebte. Aber sich so heftig und so schnell zu verlieben... Das war schwer zu verzeihen. Sie sollte zäh sein. Unabhängig. Stark.

„Sichere das Beiboot. Ich kümmere mich um das Segel", rief Seb seinem Bruder zu.

Julie schaute sich um und versuchte, sich zu orientieren. Bis jetzt hatte sie das Boot nur aus der Ferne gesehen, aber selbst das reichte aus, um sie zu beeindrucken. Nicht so sehr durch seine Extravaganz, denn es war ein kleines, älteres Segelboot, sondern durch das, was es versprach. Abenteuer. Neue Horizonte. Allein bei dem Gedanken blähte sich ihre Lunge auf. Dieses Gefühl der Möglichkeit.

Aber sie hatte zugelassen, dass ihre Fantasie mit ihr durchging. Am dritten Tag ihrer gemeinsamen Woche hatte sie im Stillen gehofft, dass sie Seb weiterhin sehen könnte. Sie dachte, dass sie sich vielleicht irgendwo an der Küste mit ihm treffen könnte, wenn sie ihre Forschungsarbeit abgeschlossen hatte. Zusammen könnten sie von Insel zu Insel segeln und...

Dummes Mädchen.

Sie schloss die Augen und ließ ihr Kinn an die Brust sinken. Als Seb erneut durch das Cockpit kam, berührte er ihren Arm und sie stellte fest, dass er sie mit seinen honigbraunen Augen studierte.

„Geht es dir gut?" Seine Stimme klang kratzig, als läge zu viel Meersalz darin.

Ein Nicken war alles, was sie zustande brachte, denn seine Wärme machte alles Mögliche mit ihrem Herzen und ihrem Verstand.

Er trug ein Polo-Shirt, an das sie sich erinnerte. Das mit dem Logo der Firma, die er verlassen hatte, als er beschloss, in den Sonnenuntergang zu segeln. Sie stellte sich vor, wie er dieses Polo an lässigen Tagen im Büro zu einer knackigen Stoffhose trug. Aber jetzt war es vom Wetter verschlissen und abgenutzt – das Polo eines Arbeiters mit kleinen Rissen, Ölflecken und einem zerknitterten Kragen. Details, die sagten, dass dieser Mann auf der Flucht war, ein bisschen wie sie selbst. Ein Mann, der auf köstlichste Weise verwilderte, einen tropischen Tag nach dem anderen.

Er tätschelte ihr das Knie und duckte sich hinunter. Eine Minute später brummte der Motor auf. Julie zwang sich, sich auf das zu konzentrieren, was vor sich ging. Sie war noch nie jemand gewesen, der einem Mann blindlings folgte, verdammt noch mal, und sie würde auch jetzt nicht damit anfangen.

Das Boot kam ihr groß und klein zugleich vor, da sie bisher nur in kleinen Rennbooten gesessen hatte, und die *Serendipity* leicht dreimal so groß war. Elf Meter, erinnerte sie sich, hatte Seb gesagt, plus noch ein Stück für den Bugspriet - die Spiere, die wie bei einem altmodischen Walfangschiff aus dem Bug herausragte. Bei den anderen Booten am Ankerplatz handelte es sich entweder um zusammengeflickte Fischerboote aus der Gegend oder um Vorzeigestücke aus Fiberglas, die aussahen, als wären sie direkt einem Hochglanzmagazin entsprungen. Die *Serendipity* wirkte wie ein Boot aus *Die Schatzinsel,* wenn auch in Miniatur. Sie hatte eine Reling aus dunklem Holz, kupfer-

gerahmte Bullaugen und eine Vielzahl von Leinen, die in alle
Richtungen verliefen. Einige erkannte sie – die Fockschot, die
Rollreffleine, das Großfall –, aber von den anderen hatte sie
keine Ahnung.

„Entschuldigung", sagte Tobin und griff hinter sich nach
einer Leine.

Sie stand im Weg. Ihre Schulter pulsierte und in ihrem Kopf
drehte sich alles.

„Ähm, was dagegen, wenn ich etwas aufräume?", wagte sie,
zu fragen.

Tobin nickte, ohne seinen Blick von Seb abzuwenden, der
am Fuß des Mastes beschäftigt war. „Fühle dich wie zu Hause."

Drei Stufen – eigentlich Leitersprossen – und sie war in der
Kabine und wurde leicht von Ehrfurcht übermannt. Es war ge-
nauso, wie Seb einmal erzählt hatte. *Es ist wie ein Wohnmobil.
Ein winziges, schwimmendes Zuhause.*

Vor ihr befand sich eine Miniaturküche mit einer Spüle, einem zweiflammigen Herd und einer winzigen Arbeitsplatte, die
in eine Ecke gequetscht war. Gegenüber befand sich ein Tisch
mit einer Karte und die Wand dahinter war mit Schaltern und
Elektronik versehen: Funkgerät, GPS und so weiter. All das
passte in den winzigen Raum neben der Treppe. Der Rest der
Kabine wurde von einem Wohnbereich eingenommen, der aus
einer u-förmigen Couch und einem eingebauten Tisch bestand.

Es war so eng wie in einer winzigen Einzimmerwohnung,
aber Dank der Fotos und Erinnerungsstücke, die die Wände
schmückten, auch gemütlich. Der Ehrenplatz an der hinteren
Wand wurde von einem gerahmten Foto eines grauhaarigen
Mannes eingenommen, der von einer Schar kleiner Kinder um-
geben war. Das musste der Großvater sein, der Seb und Tobin
sein Boot überlassen hatte. Sie wettete, dass Seb der ernst
dreinblickende Zehnjährige auf der rechten Seite war, der die
Ruderpinne hielt. Tobin musste der schelmische Junge neben
ihm sein, der Knoten in einer Leine knüpfte, und die anderen
waren sicher ihre Cousins und Cousinen.

Mein Großvater ist im letzten Winter gestorben, hatte Seb
ihr erzählt, erinnerte sie sich. Er hatte seinen Enkeln sein ge-
liebtes Boot vermacht, zusammen mit einer kleinen Geldsum-

me, damit jedes Geschwisterpaar einige Zeit damit verbringen konnte, sich wieder miteinander und mit der Erde zu verbinden.

Sie ließ ihren Blick über die glücklichen Gesichter auf dem Foto schweifen, bis er auf dem Großvater zur Ruhe kam. Solch weise Augen, so ein lebendiges Gesicht. Einen Mann wie ihn hätte sie gern kennengelernt.

An den Seitenwänden hingen weitere Bilder und Postkarten – manche alt, manche neu. Die jüngsten dokumentierten die Reise der Brüder von Nordamerika aus: eine Postkarte aus Charleston, eine andere aus Florida, dann die Halbinsel Yucatán und Belize. Etwas tiefer an dieser Seite des Bootes befand sich eine vertiefte Koje mit einer zerwühlten Decke. Sebs Koje? Sie beugte sich vor, um einen genaueren Blick darauf zu werfen, und lächelte über die Titel im Bücherregal. Die meisten davon stammten aus der *Jack Aubrey-Serie* von Patrick O'Brian. Ja, das war tatsächlich Sebs Bett.

Sie blinzelte auf die Postkarte, die über dem Kopfkissen hing. Als sie die darauf gekritzelten Zeilen erkannte, erstarrte ihr Lächeln und ihre Knie gaben nach.

Oh mein Gott.

Sie ließ sich auf die Matratze plumpsen und starrte auf die Worte.

Kapitel 7

Die Postkarte war so aufgehängt, dass die Rückseite zu sehen war, und die krakelige Schrift war ihre eigene.

Bin Schwimmen gegangen, hatte sie an einem perfekten Morgen auf die Postkarte geschrieben. Julie konnte sich an jedes Detail erinnern: das Flüstern der Wellen auf dem Sand, das Heben und Senken der Brust ihres schlafenden Liebhabers. Der Duft der tropischen Blumen, der die Morgenluft füllte.

Bis bald! hatte sie geschrieben und dann eine kleine Szene unter die Worte gezeichnet: zwei grinsende Strichmännchen, die sich an den Händen hielten.

Sie schlug die Hände zusammen und drehte ihre Finger herum. Das war die Nachricht, die sie selbst am dritten oder vierten morgen der Woche, die sie zusammen verbracht hatten, hinterlassen hatte. Er hatte geschlafen wie ein Murmeltier, also hatte sie den Bungalow verlassen, war Schwimmen gegangen und hatte sich dann zum Duschen wieder hineingeschlichen.

Der beste Morgen aller Zeiten, hatte er hinterher auf eine Ecke der gleichen Karte gekritzelt. Und das war die Wahrheit, denn er war rechtzeitig aufgewacht, um sich unter der Dusche zu ihr zu gesellen und ihr beim Einseifen zu helfen. Oben, unten und seitwärts, um genau zu sein.

Ein perfekter Morgen, hatte sie am Rand vermerkt. Nach der Dusche hatten sie am Strand gebruncht und Smoothies getrunken. Sie konnte den Seufzer der Zufriedenheit, der zwischen den Zeilen stand, praktisch hören.

Perfekter Sonnenuntergang, folgte in einem späteren Nachtrag. Sie erinnerte sich daran, wie die roten, goldenen und orangefarbenen Streifen ineinander übergegangen waren, als Sebs ehrfürchtige Stimme ihr von seinem Großvater und der Reise in den Süden erzählte. In dieser Nacht hatten seine gestikulierenden Hände und seine lebhaften Augen sie zum zweiten Mal umgehauen.

Sie schluckte schwer, als die Worte auf der Karte unscharf wurden.

Seb hatte die Karte aufbewahrt. Er hatte an den Erinnerungen festgehalten. Genau dort, wo er sie sehen konnte, jeden Morgen und jeden Abend.

An Deck über ihr waren Schritte zu hören und sie folgte dem Geräusch mit den Augen. Vielleicht hatte er sie ja doch nicht im Stich gelassen. Vielleicht hatte ihm dieser Freitag genauso wehgetan wie ihr.

Sie kniff die Augen zusammen und kämpfte gegen das heiße, juckende Gefühl an, das in ihr aufstieg.

„Bereit?", rief Seb Tobin von draußen zu.

Reiß dich mal zusammen. Sie war der Kapitän dieses Missgeschicks, nicht nur ein Passagier. Es war Zeit, zu handeln, nicht zu bereuen. Sie holte tief Luft und kletterte zurück ins Cockpit, als er gerade aus der anderen Richtung kam. Er verzog die Mundwinkel zu einem bestärkenden Lächeln. „Geht es dir gut?"

Natürlich ging es ihr gut. Sie schaute in diese unglaublichen Augen und sie lächelten sie an.

„Gut", flüsterte sie.

Er tätschelte ihr den Rücken und sie konnte nur an die Postkarte in seiner Koje denken. Dann duckte er sich und verschwand in der vorderen Kabine, die sie noch nicht erkundet hatte.

Beweg dich. Handle. Tu etwas. Sie schaute nach vorn über das Cockpit-Vordach, das in der Mittagssonne funkelte. Tobin war dabei, die am Mastfuß gebündelten Leinen zu lockern.

„Was kann ich tun?"

Tobin deutete mit dem Ellbogen. „Siehst du die Leine da?"

„Diese hier? Die Großschot?"

Seine Augen zeigten Überraschung. „Du kennst dich mit Booten aus?"

Sie streckte die Hände hoch. „Ich kenne mich mit kleinen Booten aus."

„Genau das Gleiche", sagte Tobin in seiner lockeren Art. Als ob das Hissen dieses riesigen Segels auf einem elf Meter langen Boot genauso wäre wie das Hissen des Segels auf einer winzigen Jolle. „Lass die Großschot locker, dann geh nach hinten und entriegle das Steuer."

Sie tat, wie ihr geheißen, stellte sich hinter das Steuerrad und kaute auf ihrer Lippe. Mit den Fingern klopfte sie einen unsicheren Rhythmus, während sie die lange Ausdehnung des Decks vor sich betrachtete. Von hier aus sah das Boot größer aus. Sehr viel größer.

Aber es stellte sich heraus, dass Tobin recht hatte. Ein großes Boot in Fahrt zu bringen, war nicht so viel anders als bei einem kleinen Boot. Die Wasserlinie lag nur weiter unten und die Aussicht war etwas prächtiger.

Bald war das Segel gesetzt und Seb war wieder an Deck. Er ging nach vorn, während Tobin sich neben Julie ans Steuer stellte. Er nahm jedoch nicht ihren Platz ein. Er stand einfach neben ihr und beobachtete, wie Seb sich darauf vorbereitete, den Anker zu lichten.

Moment mal! Sie wollten ihr das Steuer überlassen?

Sie umklammerte das Steuerrad fester und hörte den Herzschlag in ihren Ohren pulsieren. Seb warf einen Blick zurück, um Tobin zuzunicken, bevor er anfing, die Ankerkette einzuholen. Die Geschichten, die er ihr über das Segeln mit seinem Bruder erzählt hatte, waren alle von Augenrollen und Seufzern begleitet worden, aber in ihren Augen arbeiteten sie wie ein perfektes Team.

Ein verschwitztes, hemdloses Team. Jedes Mal, wenn Seb sich bückte und ein weiteres Stück Ankerkette einholte, kräuselten sich die Muskeln an seinem Rücken in allen Formen und Größen. Kräftige Trapeze umrahmten seine Schulterblätter, während sich parallele Muskellinien, um seine Seiten schlangen. Ihr Magen flatterte bei der Erinnerung an all die Male, die sie mit ihren Händen über diesen Rücken gefahren war und davon geträumt hatte, mit ihm wegzulaufen.

Nun, jetzt lief sie tatsächlich weg. Nur nicht so, wie sie es sich vorgestellt hatte.

Seb hob eine Faust als eine Art Signal und Tobin nickte neben ihr.

„Der Anker hat den Boden verlassen. Schalte den Motor auf vorwärts", wies er sie an. „Dreh in diese Richtung."

Sie folgte seinen Anweisungen und obwohl der Morgen sie erschöpft hatte, tat es ihr gut, sich auf die Mechanik des Boots zu konzentrieren.

„Perfekt. Weiter in diese Richtung." Tobins Stimme hatte gerade genug von einem ermutigenden Tonfall, um ihr einen Schub Selbstvertrauen zu geben, ohne überheblich zu klingen. Als Seb ihr erzählte, dass sein Bruder Ski- und Surflehrer war, hatte sie gedacht, dies bedeutete *Aufreißer* – am Strand und im Schnee. Aber vielleicht war Tobin ja wirklich gut in seiner Sache.

„Perfekt", murmelte Tobin. „Und jetzt gerade halten."

Schon witzig, wie die Welt – und Menschen – vom Deck eines Bootes so anders aussahen. Seb machte sich auf den Weg zurück ins Cockpit und auch er wirkte anders. Mit seinem Blick, wie er das Segel prüfte und den Ankerplatz absuchte, sah er ganz und gar wie ein Kapitän aus. Kein aufgeblasener, pompöser Kapitän, sondern einer mit einem gesunden Respekt vor dem Meer. Die Art, der man sein Leben anvertrauen würde.

Was, wie sie annahm, passend war.

Als sie Seb kennengelernt hatte, hatte sie das Gefühl gehabt, er sei wie ein Schmetterling, der aus seinem Kokon schlüpfte. Offensichtlich befreiten ihn die Tropen aus dem Käfig der familiären Erwartungen, die er angedeutet hatte. Jetzt, zwei Monate später, war die Veränderung noch deutlicher. Seine Haut hatte einen rötlichen Schimmer und war nun komplett bronzefarben. Und seine Sorgenfalten waren nicht mehr ganz so tief. Aber seine Augen waren härter, wie die eines Mannes, der einen unerwarteten Sturm überstanden hatte. Ein Mann, der die Bitterkeit gekostet hatte und wusste, wie sehr es schmerzte, etwas zu verlieren.

Oder jemanden.

Seb sah sie genau in diesem Moment an und seine Augen schienen voll von unausgesprochenem Bedauern.

Vielleicht hatte sie doch nicht nur geträumt, wie schön die Woche mit ihm gewesen war. Seb sprang zurück ins Cockpit und justierte die Leinen. Er schaute zu, wie sich das Großsegel mit einem Ruck füllte und Form annahm. Schließlich rollte er die kleinere Fock aus, schaltete den Motor ab und ließ die *Serendipity* von der Brise vom Festland wegtragen. Julie blickte zurück auf das palmengesäumte Ufer und war froh über jeden Zentimeter Wassergraben, der sie von den Männern trennte, die sie verfolgt hatten.

„Wohin?", fragte Tobin.

Eine Minute verging, bevor sie merkte, dass beide Brüder sie ansahen.

Sie hätte mit den Schultern gezuckt, wäre sie nicht verletzt gewesen. „Hauptsache weg, mir ist egal wohin."

Seb zeigte in eine Richtung. „Dort drüben. Hinter die Inseln. Außerhalb der Sichtweite."

Der *Außer-Sichtweite*-Teil klang genauso verlockend wie die flachen, begrünten Inseln wirkten. Um sie herum war das Meer leuchtend grünblau, gesäumt von gelegentlichen Schaumrändern, die Riffe markierten. Die Brise, die durch ihre Vorwärtsbewegung entstand, war kühl, und Julie zog das Strandtuch wie einen Umhang um ihre Schultern. Nicht, dass sie eine gute Superheldin abgegeben hätte. Heute nicht.

Der Wind zerzauste Sebs Haare, während er mit den Augen einen Weg vor ihnen erspähte.

Etwas in Julie nickte leicht. Diesem Mann konnte sie ihr Leben anvertrauen.

„Was befindet sich hinter diesen Inseln?", fragte sie.

„Cayo Coco."

Sie richtete ihren Blick auf den Horizont.

Cayo Coco. Das klang wie aus *Die Schatzinsel.*

Kapitel 8

Nicht lange nachdem sie vor Cayo Coco geankert hatten, ging die Sonne unter. Es war einer dieser herrlichen tropischen Sonnenuntergänge, bei denen der Himmel innerhalb weniger Minuten von einem perfekten Blau zu kräftigen gelben, orangefarbenen und roten Streifen überging. Die Sonne funkelte, als sie sich senkte, während der Vollmond am gegenüberliegenden Horizont aufging.

Ein Seufzen stieg in Julies Kehle auf. Es war der tropische Sonnenuntergang ihrer Träume, einschließlich eines Bootes und einer einsamen Insel mit Palmen, die alle leise in der Brise rauschten.

Nur, dass es an diesem Ausflug nichts Romantisches gab. Zum einen hatte sie die Wunde an ihrer Schulter. Dann gab es noch diese Bande mysteriöser Banditen, die sie aus unerfindlichen Gründen verfolgte. Und abgesehen von der Tatsache, dass Tobin als Anstandswauwau dabei war, konnte sie Seb immer noch nicht verzeihen, dass er sie vor zwei Monaten ohne ein Wort sitzen gelassen hatte. Seitdem war jeder Tag ein weiterer Tag allein gewesen, kein weiterer Tag der Freiheit, an dem sie tun konnte, was sie wollte. Die unabhängige Ader, die sie stets gehabt hatte, war wie vom Winde verweht und durch eine Leere ersetzt worden, die weder Arbeit noch Abenteuer füllen konnte. Wie konnte dieser Mann es nur wagen, ihr das anzutun? Wie konnte er es wagen?

Aber irgendwie konnte sie ihre Wut nicht länger aufrechterhalten.

„Hey." Sebs Stimme war so sanft wie die Wellen, die über den nicht allzu fernen Strand rollten. Mit dieser Stimme, die versprach, dass alles irgendwie in Ordnung kommen würde, könnte er sie in den Schlaf wiegen. „Komm rein. Lass mich einen Blick auf deine Schulter werfen."

Er hatte jedes Recht, ihr ein Dutzend Fragen über die Schwierigkeiten zu stellen, in denen sie steckte – Wer? Was? Warum? Sie konnte spüren, dass ihm diese Fragen auf der Zunge lagen. Aber er schlug sie alle zurück, um ihr Zeit zu geben. Der Mann war wirklich ein Prinz.

Sie folgte ihm hinein und ließ sich auf die Couch plumpsen. In diesem Moment könnte eine ganze Elefantenherde an ihr vorbeistürmen und sie würde nicht reagieren. So ausgelaugt fühlte sie sich.

Seb zog das Strandtuch ab und murmelte prompt: „Verdammt."

Julie schloss die Augen. Ihre Schulter war gar nicht so schlimm. Sie war einfach nur müde. Richtig müde.

Seine Schritte entfernten sich, kamen dann zurück und etwas raschelte in der Nähe ihres Ohrs. Seb öffnete einen Erste-Hilfe-Kasten und bemutterte ihre Schulter wie eine Glucke. Ein wenig wie damals, als sie in dieser wunderbaren Woche zusammen tauchen gegangen waren. Natürlich hatte er bei dieser Gelegenheit ihre Pressluftflasche und ihren Atemregler überprüft, keine blutige Wunde. Sie schloss die Augen, genau wie damals, und ließ seinen Händen freien Lauf, als er sie mal hier und mal dort berührte. Sein minziger Atem wehte in ihr Haar und sein Duft – eine Mischung aus Sonnencreme, Testosteron und einer köstlich salzigen Note – berauschte sie sogar ein wenig.

Und Gott, diese Hände. Stark und fähig und doch sanft und warm. Sie hatte diese Hände vor langer Zeit überall gespürt. Diese Finger. Dieses Murmeln an ihrem Ohr.

Sie blinzelte. Jetzt war nicht *damals*. Jetzt war jetzt und *jetzt* war alles anders. Seine Lippen an ihrem Ohr flüsterten nicht, um zu fragen, wie ihr etwas gefiel, sondern ob es ihr gut ging.

„Okay", wiederholte sie und fühlte sich weit, weit weg.

„Ich muss die Wunde reinigen." Er zerrte mit den Händen an ihrem Ärmel. „Kannst du dein Oberteil ausziehen oder soll ich es abschneiden?"

Sie riss die Hände zu ihrem Bauch und umklammerte den Stoff an der Taille. „Das ist mein Lieblings-T-Shirt."

Er beäugte es misstrauisch und sie blickte nach unten. Verdammt. Ihr Lieblings-T-Shirt – *Archäologen Gehen Tiefer* – war voller Blut. Ihr Blut.

„Schneide es ab", murmelte sie und er tat es. Als sie die Augen wieder öffnete, sah sie ihren ebenfalls blutverschmierten Bikini. „Verdammt, mein Lieblingsbikini."

„Meiner auch." Sebs Augen hatten einen entrückten Blick, der sagte, dass er kein einziges Detail ihrer gemeinsamen Zeit vergessen hatte.

„Du kannst dir einen von mir leihen", warf Tobin ein.

Sie schenkte ihm ein schwaches Lächeln und sogar Seb musste ein wenig grinsen. Sebs jüngerer Bruder wusste wirklich, wie man eine Situation auflockerte. Sie hatte Tobin immer für einen Aufreißer gehalten – oder einen Playboy –, aber jetzt machte er einen besseren Eindruck. Vielleicht konnte der Mann nichts für seinen Charme und sein gutes Aussehen.

Dann begegnete sie Sebs Blick – diese karamellfarbenen, gelbbraunen Augen – und verlor sich erneut darin. Sie starrten sich eine Ewigkeit lang an, bis Tobin sich räusperte und Seb wieder aufschreckte.

„Das wird brennen." Seb schob ihren Bikiniträger beiseite und näherte sich mit dem Antiseptikum.

Es brennt jetzt schon. Dem Mann, der sie verlassen hatte, so nahe zu sein – das brannte, und zwar gewaltig. Der Mann, in den sie sich innerhalb einer einzigen Nacht verliebt hatte, und in den folgenden Tagen noch mehr. Der Mann, den sie in den letzten Monaten zu hassen versuchte.

Der Mann berührte sie so behutsam, so zärtlich, dass die paar Tränen, die aus ihren Augen liefen, nicht von dem geringen Schmerz ihrer Wunde stammten.

Seb beugte sich hinunter, bis seine Stirn an ihrer ruhte. „Mein Gott, Julie."

Dieses Schlucken hinter dem Flüstern? Das war für sie. Die Sorge, dass sie noch viel schlimmer hätte verletzt werden können.

Sie ergriff seine Hand und drückte sie. „Es ist nicht so schlimm.“

„Das hätte es aber sein können.“

Er schluckte hart und sie konnte nicht widerstehen, ihre Finger den Rest des Weges mit seinen zu verschränken.

„Das war verdammt knapp“, schloss er.

Er bewegte sich nicht, abgesehen von seinem Brustkorb, der sich mit jedem flachen Atemzug hob und senkte. Sie umschloss sein Gesicht und führte seine Wange an ihre. Als Seb ihr mit der Hand über die gute Schulter strich, verschwand der Rest der Welt um sie herum – Tobin, der am Kartentisch herumhantierte. Das leichte Auf und Ab des Bootes. Das ferne Rauschen der Wellen über dem Riff. Es gab wieder nur sie beide. Gott, dieser Mann fühlte sich gut an – genau die richtige Mischung aus struppig und glatt. Er roch gut – wie das Meer nach einem Sturm, wenn alles frisch und vielversprechend war. Er hörte sich gut an – sogar das leichte Rascheln seines Polo-Shirts, wenn er atmete.

Tobin knallte einen Deckel auf den Topf. „Also, will jemand etwas zu Abend essen?“

Sie rissen ihre Körper auseinander, aber ihre Augen blieben verbunden.

„Sicher“, sagte Seb, wie erstarrt.

„Sicher“, flüsterte Julie, obwohl sie die Frage bereits vergessen hatte.

„Perfekt!“, sagte Tobin irgendwo hinter dem Rauschen in ihren Ohren.

Seb drückte einen Verband auf die Wunde und behielt seine Hand länger als nötig an ihrer Schulter. Die Kugel hatte sie kaum gestreift, aber es war trotzdem beängstigend. Eine Kugel, um Himmels willen. Eine Kugel, die auf ihren Rücken geschossen worden war.

Tobin beugte sich vor, um die Arbeit seines Bruders zu begutachten. „Eine Menge Blut für etwas so Oberflächliches.“ Dann wandte er sich wieder dem Spaghetti-Topf zu. „Worauf waren diese Typen eigentlich aus?“

Seb versteifte sich und sie spürte seine Augen auf sich gerichtet. Sie hielt ihren Blick gesenkt und vermied es, in die

Richtung ihres Rucksacks zu schauen.
„Ich weiß es nicht", murmelte sie.
Selbst im Flüsterton klang es wie eine Lüge.

39

Kapitel 9

Seb schaute zu, wie Julie steif dastand und ihre Tasche aufhob. Jetzt da er sie verarztet hatte, wich das Blut aus seinem Gesicht und seine Hände begannen zu zittern. In all den Nächten, in denen er wach gelegen und sich Julie zurückgewünscht hatte, war Julie mit einer Schusswunde ganz sicher nicht das, was er sich vorgestellt hatte.

Aber trotzdem. Jetzt war sie wieder da und dieses Mal würde er nicht zulassen, dass sich irgendetwas zwischen sie stellte. Kein Zufall, kein schlechtes Wetter, kein Glück oder Pech. Nicht einmal bewaffnete Gangster.

„Kann ich mich irgendwo umziehen?" Sie vermied es, ihm in die Augen zu sehen.

Sein Blick blieb einen Moment lang auf ihrem blutverschmierten Bikini haften, bevor er sie in die vordere Kabine führte. Der Korridor war schmal und er und Julie tanzten einen Moment lang umeinander herum. Er spürte, dass sich ihr Körper genauso nach der Berührung sehnte wie seiner. Aber so sehr sich sein Körper auch danach sehnte, meldete sich sein Verstand mit hundert Alarmglocken. *Noch nicht. Vorsicht. Langsam.*

Das Einzige, was ihm daran gefiel, war das *Noch.*

Julie drängte sich an ihm vorbei in die vordere Kabine. Er schloss die Tür hinter ihr und setzte sich an den Kartentisch. Er starrte auf die Instrumente, als ob ihm das helfen würde, sich wieder zu fassen. Das, und die Postkarte mit dem Bild von New York, die ihm ein Freund gegeben hatte, falls er die Heimat vermissen würde. Er blinzelte sie an. Nein, er hatte seinen Job oder sein Zuhause in den letzten Monaten nicht vermisst. Er hatte die Annehmlichkeiten des Lebens an Land nicht vermisst.

Das Einzige, was er überhaupt vermisst hatte, war Julie. Das Funkeln in ihren Augen, den Tonfall ihrer Stimme. Die Art, wie sie sich vorbeugte, um ihm zuzuhören, als wollte sie sein wahres Ich ausgraben, das unter all den Schichten verborgen lag, die er nach außen um sich aufgebaut hatte.

Etwas bewegte sich neben seinem Ellbogen – Tobin reichte ihm ein Glas Wein.

„Möchtest du stattdessen lieber Rum?", flüsterte Tobin ohne den üblichen Humor in seiner Stimme.

Seb schüttelte den Kopf und versuchte, an dem Wein zu nippen, anstatt ihn hinunterzustürzen. Dann tat er so, als würde er die Karte studieren, während er in Gedanken die Ereignisse dieses verrückten Tages Revue passieren ließ.

Julie war zurück in seinem Leben. Das war gut. Großartig. *Serendipity* – ein Glücksfall sozusagen.

Julie steckte in irgendwelchen Schwierigkeiten. Das war nicht gut.

Er warf einen Blick auf das Foto seines Großvaters. „Fragst du dich manchmal...", begann er und verstummte dann doch.

„Ich frage mich ständig..." Tobin zwinkerte, wischte sich die Augen mit dem Ärmel ab und hackte weiter Zwiebeln.

„Ich meine..." Seb hatte Mühe, die richtigen Worte zu finden. Es kam nicht oft vor, dass er und sein Bruder sich gegenseitig das Herz ausschütteten. Was zeigte, wie recht ihr Großvater gehabt hatte, sie zu dieser Reise zu drängen. Es war für sie beide in vielerlei Hinsicht gut gewesen. „Wunderst du dich manchmal über das Glück? *Serendipity*? All das?"

Tobin warf der Tür zur Vorderkabine einen spitzen Blick zu und gluckste laut. „Mann, ich wundere mich nur, dass du so lange gebraucht hast, um es zu kapieren." Er schüttelte den Kopf. „Und angeblich sollst du doch der Klügere von uns sein."

„Du bist genauso klug."

„Ich weiß, ich weiß. Ich erreiche nur nicht so viel."

Tobins Lächeln verriet puren Stolz. Als wäre es eine Leistung, so wenig im Leben erreicht zu haben wie er: von zwei guten Schulen geflogen zu sein, nie einen richtigen Job gefunden zu haben. Aber wenn man aus ihrer Familie stammte, war das vielleicht wirklich eine Leistung. Die Mutter eine Anwältin, der Vater ein Arzt, die ihren Söhnen den Weg ebneten, dasselbe zu tun. Ein Familienname, der ihnen gute Schulen und gute Verbindungen sicherte. Seb hatte alles mitgemacht und bis zu dieser Reise hatte er nie etwas davon infrage gestellt. Aber das Segeln eröffnete ihm eine andere Perspektive. Dass es mehr im Leben gab als wahnsinnige Arbeitszeiten und die vier Wände eines Büros. Mehr als hektische Wochentage und viel zu kurze Wochenenden. Mehr als Gewinne und Bilanzen.

Es gab Sonnenuntergänge. Zufällige Begegnungen. Die Art von Müdigkeit, die durch Zeit in der Sonne und an der frischen Luft entstand. Neue Gesichter und Geschichten, die mit jedem von ihnen einhergingen.

„Vielleicht bist du ja der Klügere von uns beiden." Seb musterte seinen Bruder. Vielleicht hatte Tobin sein Leben nicht so vergeudet, wie ihre Mutter es immer behauptet hatte. Tobin war nie gestresst. Er hetzte nie zu irgendwelchen Meetings. Er versäumte es nie, das Leben zu genießen.

Die Augen seines jüngeren Bruders funkelten. „Junge, ich wünschte, ich könnte das aufnehmen." Dann wurde er ernster. „Passieren Dinge aus einem bestimmten Grund? Ich weiß es nicht. Aber ich weiß, dass man sich nicht einfach treiben lassen darf, wenn sie passieren. Weißt du noch, was er immer gesagt hat?" Er deutete mit seinem Messer auf das Foto an der gegenüberliegenden Wand.

Seb konnte die raue Stimme ihres Großvaters hören, als säße er auf der anderen Seite der Kabine. *Träume, dann ziehe los und mache etwas daraus.*

Tobin wackelte mit den Augenbrauen in die Richtung der Vorderkabine. „Ich sag ja nur." Dann machte er sich wieder an die Arbeit, schnappte sich eine Handvoll Spaghetti und warf sie in den Topf.

Träume. Zufällige Begegnungen. *Serendipity.* Seb starrte in das Universum auf dem Boden seines Weinglases.

Ziehe los und mache etwas draus.

Sein Blick wanderte zu der Tür, die ihn von Julie trennte, und er bewegte seinen Kiefer hin und her. Hier saß er nun und nahm Ratschläge von seinem toten Großvater und seinem kleinen Bruder, dem Skilehrer an. Wie verkorkst war das denn?

„Du bist doch der Experte für wilde Affären mit Frauen, die du kaum kennst", flüsterte er Tobin zu. „Warum zum Teufel komme ich nicht darüber hinweg?"

Tobin lachte. „Es zählt nicht als Affäre, wenn du dich verliebst, Mann."

Ein Teil von ihm schüttelte sich bei dem Gedanken. Der andere Teil seufzte auf pathetische, verträumte Weise. Was wahrscheinlich bedeutete, dass es tatsächlich Liebe war. Denn was sonst im Leben gab einem Mann diese Mischung aus Schrecken und Erregung?

Er goss sich einen weiteren Schluck ein.

Julie brauchte eine ganze Weile – so lange, dass er sich zu fragen begann, ob sie Hilfe benötigte. Er war auf halbem Weg zur Trennwand, als die Tür aufsprang und sie in einem sauberen Bikini – dem gelbblauen – und einem weiteren Paar Kaki-Shorts herauskam. Gott, sie war etwas Besonderes. Sportskanone gemischt mit Schönheitskönigin gemischt mit Streberakademikerin. Welche andere Frau vereinte alle diese drei Eigenschaften in sich?

„Gerade rechtzeitig!", rief Tobin. „Wer kommt zum Abendessen?"

Seb musterte Julie von oben bis unten und schon war sein Appetit wieder da.

„Ich." Julie starrte ihm direkt in die Augen.

„Ich", flüsterte er und starrte zurück.

Kapitel 10

Offensichtlich hatte auch Julie Appetit. Seb beobachtete sie dabei, wie sie Tobins aufgepeppte Version von Spaghetti Bolognese verschlang, sich dann einen Nachschlag gönnte und die Schüssel schließlich mit einem Stück Brot auswischte. Sie lachte über Tobins Geschichten und bewunderte den Sternenhimmel, der sich in dieser friedlichen Nacht über ihnen wölbte. Aber sie sah Seb nicht in die Augen und sie rutschte auch nicht in den spaltbreiten Platz, den er sorgsam gelassen hatte, als sie sich nebeneinandergesetzt hatten. Alles in allem tat sie gut daran, das Unvermeidliche zu vermeiden, so wie Tobin gut daran tat, sich auf harmlose Themen und schräge Witze zu beschränken. Keine Fragen darüber, was zum Teufel los war, keine Forderungen. Sie war noch nicht bereit dafür. Sowohl er als auch Tobin konnten das spüren. Obwohl sein Bruder jedes Recht hatte, zu fragen, tat er es nicht. Tobin hielt den Ton leicht und locker, um Julies Vertrauen und Zuversicht aufzubauen.

Und Seb hatte die letzten einunddreißig Jahre seines Lebens damit verbracht, seinen kleinen Bruder für eine totale Niete zu halten. Das musste man sich einmal vorstellen.

„Zwei Surfer machen sich bereit, in die Wellen hinauszupaddeln. Weißt du, was sie sagen?" Tobin zwinkerte Julie zu.

„Was?"

„Der erste Kerl sagt: ‚Weißt du was? Ich habe ein neues Longboard für meine Frau bekommen!'"

„Und der zweite Typ sagt...?", fragte sie ihn.

„‚Toller Tausch!'"

Wie immer musste Tobin über seinen eigenen Witz lachen, aber selbst Seb musste schmunzeln, als Julie es tat. Genau genommen atmete er erleichtert auf, als er sah, dass sie nicht allzu sehr an jedem Wort von Tobin hing. Sie klimperte nicht mit den Wimpern und kicherte auch nicht laut. Die Charmeur-Maschine, die sein Bruder war, machte heute Abend keine Fortschritte, genau wie Tobin bei ihrer ersten Begegnung nicht bei ihr hatte landen können. Sie hatte sich in ihn – Seb – verliebt. Genauso wie er sich in sie verliebt hatte.

Stark. Schnell. Heftig.

Seb zwinkerte Tobin zu. Der Typ, der normalerweise hinter jedem Mädchen her war – egal welches Mädchen – hielt vorsichtig Abstand. Zum ersten Mal in seinem Leben unterhielt er sich, anstatt zu versuchen, jemanden zu verführen. Tobin hatte sogar so viel Takt, nach dem Essen mit dem Geschirr in der Kombüse zu verschwinden und Seb und Julie allein zu lassen.

Trotzdem war ein elf Meter langes Boot ein bisschen zu wenig Platz für all das, was er und Julie zu besprechen hatten.

„Hey." Seb stupse sie an. Dies war der erste Kontakt, den sie an diesem Abend hatten, und seine Haut kribbelte davon. Sein Herz auch, denn sie wich nicht zurück. „Wie wäre es, wenn wir an Land gehen?"

Sie schaute auf die kleine Landzunge und ihr Blick wirkte versucht und gleichzeitig ängstlich. Ihm ging es genauso. Er sehnte sich danach, mit ihr allein zu sein, und hatte gleichzeitig Angst davor, wohin ihr Gespräch führen könnte.

Er stupse sie erneut an und zog ein Ass aus dem Ärmel. „Komm schon, es wird ein Abenteuer."

Dann besann er sich und fügte hinzu: „Ein kleines, sicheres."

Sie lachte und strich mit der Hand über seinen Arm, genau wie er es von ihrem ersten Mal in Erinnerung hatte. „Okay."

Und so fuhren sie mit dem Schlauchboot durch die Schatten, die von den Korallengruppen geworfen wurden. Zehn Meter vom Strand entfernt stellte er den Motor ab und ließ das kleine Beiboot an Land gleiten.

„Land in Sicht", sagte er ganz leise. Es war eine winzige Insel, aber es fühlte sich nach allem, was sie an diesem verrückten Tag erlebt hatten, wie ein bedeutender Landgang an. Als er in knöcheltiefes Wasser sprang, folgte Julie ihm. Eine geborene Seglerin. Sein Großvater hätte ihm zugestimmt.

Gemeinsam zogen sie das Schlauchboot an Land und betrachteten die kleine Landzunge. Einhundert Meter Sand, Palmen und Kokosnüsse waren nicht viel Platz, aber im Mondlicht schien sie sich ewig auszudehnen.

„Oh!" Julie zeigte nach oben. „Eine Sternschnuppe!"

Wünsch dir was, konnte er sie praktisch denken hören. Er wusste genau, was er sich wünschte, also tat er es. Er sandte den Wunsch direkt zu den Sternen, ohne auch nur darüber nachzudenken, zu welch einem Narren ihn diese ganze Segelei gemacht hatte. Sich etwas von den Sternen wünschen? Sich in eine Frau zu verlieben? Seinen kleinen Bruder zu schätzen wissen? Er war nicht nur Tausende von Meilen von zu Hause entfernt. Er war ein anderer Mann.

„Julie, wir müssen reden", sagte er, als sie sich vom Schlauchboot entfernte. „Warte... "

Winzige Korallenstücken knirschten unter seinen Füßen, als er ihr folgte. Palmwedel rauschten über ihm in der leichten Brise. Julie ging noch drei Schritte, dann blieb sie stehen. Ihr Haar fiel nach hinten, als er das Kinn anhob, und die Haltung ihrer Schultern verriet, dass sie lieber über gar nichts sprechen wollte. Nicht über heute, nicht über die Vergangenheit.

Er erwartete eine Bemerkung über schwarze Löcher, Gasnebel oder die Krater des Mondes, aber sie blieb still. Und dann wurde ihm klar, warum. Ihr Gesicht glitzerte und die Augen waren zusammengekniffen. Er sah, wie sie sich die Tränen aus den Augen wischte und hörte, wie sie einen Fluch über sich selbst murmelte.

„Julie?"

Er wollte sie in den Arm nehmen und ihr sagen, dass auch knallharte Archäologen-Sportlerinnen weinen durften. Er wollte ihr Ohr küssen, sie festhalten und ihr Versprechen, dass irgendwie alles wieder gut werden würde.

„Geht es dir gut?"

Sie fuchtelte mit der Hand in Richtung Horizont, als wollte sie seine Aufmerksamkeit dorthin lenken. „Es ist so wunderschön." Und das war es auch: der endlose Ozean, der indigoblaue Himmel.

„Warum weinst du dann?"

Sie winkte mit der Hand ab und ihre Stimme bebte. „Ich bin ganz durcheinander."

Ja, das war er auch. Die Verfolgung. Die Waffe, die vorhin auf ihren Rücken gerichtet gewesen war. Das Abendessen mit den tausend Fragen und den fehlenden Antworten. Ihr wieder so nah zu sein.

Und im nächsten Moment schloss er die Distanz zwischen ihnen und zog sie in seine Arme. Er presste sie an seine Brust und spürte, wie sie einen langen tiefen Atemzug nahm und sich mit einem Seufzer an ihn schmiegte.

Gott, es fühlte sich gut an, eine Frau zu halten, die eigentlich gar keinen Halt brauchte. Julies besonderen Duft zu riechen – eine Mischung aus regenwaldfrischer Haut und Kokosnussshampoo-Haar. Ihre Wärme zu spüren. Die Tränen wegzuwischen und seine Wange an ihre zu pressen.

Vollkommen perfekt. Sogar die Tränen, denn er wusste, dass Julie sich nicht oft öffnete. Und sie tat es für ihn.

Vertrauensvoll. Entspannt. Mit ihm.

Sie schlang ihre Arme um seine, um die Umarmung noch fester zu machen. Selbst als sie den Kopf schüttelte und vor sich hinmurmelte, blieb sie dicht bei ihm.

„Was?", flüsterte er.

„Seb, ich kenne dich doch kaum."

Er drehte sie langsam, sodass er ihr in die Augen sehen konnte. „Du kennst mich besser als jeder andere, den ich je kannte."

Das stimmte. Manchmal dachte er, sie kannte ihn besser als er sich selbst. Seit Jahren hatte er schon nicht mehr richtig gelebt, sondern vielmehr eine Rolle gespielt. Die des verantwortungsvollen Bruders. Des geschäftstüchtigen Athleten. Frische Luft und Salzwasser hatten diese oberflächlichen Schichten langsam weggespült und selbst er war überrascht, was darunter zum Vorschein kam. Ein Typ, der eine Stunde damit verbringen konnte, die Wolken am Himmel zu beobachten. Ein Mensch, der auf den Horizont schauen konnte, ohne genau wissen zu müssen, wohin er als Nächstes gehen würde.

Ein Mann, der sich innerhalb einer Woche verlieben konnte. Nicht nur in irgendjemanden. In sie.

Julie senkte ihren Kopf an seiner Brust, ließ ihn aber nicht los. „Ich weiß nicht einmal, wo du herkommst."

„Boston", stieß er hervor, bereit, alles zu tun, um sie zu überzeugen.

„Lexington, um genau zu sein. Was noch?" Er winkte ungeduldig mit der Hand. Wie sollte er sie davon überzeugen, dass er es ernst meinte? „Frag mich. Frag mich alles."

Sie hob das Gesicht und ihr Blick sagte: *Darum geht es nicht.*

Er trat einen Schritt zurück und stellte sich breitbeinig hin, als wollte er einen großen Felsbrocken einen sehr steilen Hügel hinaufschieben. „Ich mag Kaffee schwarz und Tee weiß. Ich mag Fußball lieber als Football. Krimis über Sachbücher. Ich hasse entrahmte Milch."

Sie starrte ihn an, also fuhr er fort.

„Ich bin mit meinem Bruder und einem Basset Hound namens Cleo aufgewachsen. Im Sommer sind wir immer mit meinem Großvater Segeln gegangen – wir und unsere Cousins und Cousinen. Auf der *Serendipity*. . ." Er deutete über das Wasser. „Deshalb hat er sie uns hinterlassen. Mir, Tobin und den anderen. Und weißt du was? Er hatte völlig recht. Wir hatten den Kontakt zueinander verloren. Und zu allem anderen." Er winkte mit der Hand zum Nachthimmel, zum schwarzblauen Horizont, zum Meer. Zu Hause hatte er nie gewusst, in welcher Phase sich der Mond gerade befand. Hier draußen konnte er den Sog der Gezeiten spüren und die kleinste Windveränderung wahrnehmen.

„Wir sollten eigentlich eine kleine Schwester haben, aber sie wurde tot geboren." Es tat ein bisschen weh, es laut auszusprechen, aber es fühlte sich auch gut an. Seine Familie hatte nie darüber gesprochen und das war falsch. Er hatte Jahre gebraucht, um zu verstehen, warum seine Eltern so niedergeschlagen aus dem Krankenhaus nach Hause gekommen waren und warum sie ihn so fest umarmt hatten. Warum er und Tobin jeweils reagierten, wie sie es getan hatten: Seb wurde der pflichtbewusste, ältere Sohn, der versuchte, die Eltern zu trösten, die nicht getröstet werden konnten. Tobin hingegen wurde ein

Rebell ohne Ziele, der groß und laut lebte, um dem Tod ins Gesicht zu lachen.

Aber das Meer hatte diese Geheimnisse innerhalb weniger Wochen für ihn gelüftet. Seltsam, wie Zeit und Raum das Chaos im Kopf eines Mannes beseitigen konnten.

„Ihr Name war Linda. Und nein, meine Eltern sind nie darüber hinweggekommen."

Julies Kinnlade klappte auf.

Er fuhr fort, bevor sich seine Kehle durch ein Schlucken in seinem Hals verschloss. „In der elften Klasse wurde ich beim Rauchen hinter der Turnhalle erwischt und für eine Woche suspendiert. Das war meine einzige Konfrontation mit dem Gesetz – bis jetzt." Er brachte ein kleines Lächeln zustande. „Die erste Frau, mit der ich geschlafen habe, war die ältere Schwester meines besten Freundes, als sie im Sommer vom College zurückkam. Brenda. Sie hatte eine Schlangentätowierung um ihren Bauchnabel, von der niemand etwas wissen sollte."

Julie riss die Augenbrauen hoch.

Er war jetzt in Schwung gekommen, warum also nicht mit voller Fahrt weitermachen? Dieser Zug war ohnehin schon außer Kontrolle geraten.

„Ich war noch nie außerhalb der USA oder Mexikos. Ich habe es noch nie auf dem Rücksitz eines Autos getrieben. Ich hatte noch nie den Mut, aus meiner gewohnten Umgebung auszubrechen, bis ich diese Reise gemacht habe. Und ich habe noch nie jemanden wie dich getroffen."

Er schluckte. Stille kehrte ein, während die Meeresbrise sein Haar zerzauste. Mit den Fingern zupfte er am Saum seiner Shorts. Verdammt, wo war das alles hergekommen? Er schloss die Augen und fragte sich, wie bald Julie verlangen würde, dass er sie zurück zum Boot brachte, zurück ans Festland, und ihn ein für alle Mal aus ihrem Leben verbannte.

Aber da war nichts außer dem Rauschen der Wellen am Strand. Dann eine sanfte Hand auf seiner Wange und eine weiche, feuchte Berührung auf seinen Lippen. Und noch ehe er sich versah, lag Julie in seinen Armen und presste sich fest an ihn. Er schlang seine Arme um sie und erschlaffte vor Erleichterung.

Der Kuss wurde größer, tiefer, hungriger und dann zog sie sich zurück, während sie ihre Hände noch immer in sein Polo-Shirt krallte. „Was für eine Rede, Seemann.“

Er legte seine Hände auf ihre und strich sie flach gegen seine Brust, um die Verbindung zu genießen. „Ich wollte dir nie wehtun. Ich wollte dich nicht verlassen.“

Sie streichelte ihm schweigend über den Rücken und flüsterte dann: „Also, was ist passiert? An jenem Freitag, meine ich?“

Kapitel 11

Was war passiert? Seb biss die Zähne zusammen. Wegen Tobins
Fehler hatten sie das Boot fast verloren. Selbst jetzt könnte er
seinem Bruder am liebsten das Fell über die Ohren ziehen.
Andererseits war er als Kapitän genauso schuldig, nicht auf-
merksamer gewesen zu sein.

„Das Wetter", begann er.

Julies Gesicht nahm eine wütende Färbung an, die er sogar
im Mondlicht erkennen konnte. „Erzähle mir bloß nichts über
das Wetter. Es war perfekt. Blauer Himmel, kein Wind."

Er hob die Hände. „Nein, das war es nicht!" Seine Stimme
war jedoch zu laut, zu scharf, also fing er von Neuem an. „Hör
zu, es ist die Wahrheit. Es gibt etwas, das man Norddünung
nennt."

Sie stemmte die Hände an die Hüfte und verzog die Lippen
zu einem schmalen Strich, aber wenigstens marschierte sie nicht
davon. Noch nicht.

„Norddünung?"

„Ja, eine Norddünung. Schau mal, der Ozean ist immer in
Bewegung, nicht wahr?"

Sie zog ein Gesicht, das sagte, dass er genau fünf Sekunden
Zeit hatte, um auf den Punkt zu kommen.

„Der Wind formt Wellen auf dem Meer und große Stürme
verursachen große Wellen. So groß, dass die Wellen weiterrol-
len, selbst wenn der Sturm nachlässt." Er bewegte die Hand
durch die Luft, um es zu demonstrieren, was gut war, denn es
lenkte ihre Aufmerksamkeit dorthin und weg von seinem Kinn,
das sie offensichtlich gleich schlagen wollte. Er schwang seine
linke Hand in kleinen Schaufelbewegungen zur rechten Seite, so
wie der Wind die Wellen anheizen würde. „Und wenn diesel-

be Windbewegung weiter auf die Wellen einwirkt, kann diese Dünung Tausende von Kilometern zurücklegen und schließlich an einem ganz anderen Ort ankommen."

„Wie hier? In Santa Marta?", fragte sie zweifelnd.

„Genau." Er nickte. „Ich wollte dich treffen, wie ich es versprochen hatte – mein Gott, ich hätte es mir nicht entgehen lassen! –, aber dann bemerkten wir, wie die Boote den Hafen verließen. Und nicht nur ein oder zwei Boote, sondern alle. Sogar die einheimischen Fischerboote fuhren hinaus. Jim von der *Dreamtime* fuhr auf dem Weg hinaus an uns vorbei und fragte: ‚Wann legt ihr denn endlich ab?' Bis dahin hatten wir keine Ahnung, was überhaupt los war." Seb wagte es, an ihre Schulter zu greifen – die unverletzte Seite. „Ich sollte eigentlich das Wetter beobachten, aber ich war…" Er suchte nach dem richtigen Wort, denn *abgelenkt* wäre wohl nicht die richtige Wahl. „Beschäftigt mit dir", schloss er. „Ich habe vergessen, an irgendetwas anderes zu denken."

Er hielt inne, denn verdammt, hörte sich das so an, als hätte er nur an Sex gedacht? Er sprach schnell weiter, weil er unbedingt wollte, dass sie es verstand. „Dummerweise habe ich es schleifen lassen. Tobin meinte, er würde nach dem Wetter sehen, hat es aber nicht getan. Und ganz plötzlich hatten wir nur noch acht Stunden Zeit, um den nächsten Ort zu erreichen, an dem wir einigermaßen vor der Norddünung geschützt wären."

Sie schaute ihn mit geneigtem Kopf an und er zeigte nach Westen. „Cayo Largo, dort drüben." Schon witzig, wie ein paar Monate Segeln einem Mann einen inneren Kompass geben konnten. „Das war sieben Stunden entfernt und füllte sich schnell mit Booten." Sein Herz schlug schneller, als er sich an die eilige Überfahrt erinnerte, mit der er das Boot seines Großvaters gerettet hatte, bevor es von der Mörderwelle gegen das Ufer geschleudert werden konnte.

„Also, was ist passiert?"

Julie sah besorgt aus, als hätte sie den Moment miterlebt. In gewisser Weise wünschte er sich, sie wäre da gewesen, denn es hätte geholfen, sie in der Nähe zu haben. Jemand, der einen klaren Kopf behielt – im Gegensatz zu seinem Bruder. Jemand, dessen Anwesenheit ihn immer beruhigen konnte, so wie ihre Berührung es immer tat.

Er atmete aus und ließ den Moment noch einmal Revue passieren. „Wir kamen nach allen anderen an und hatten kaum den Anker geworfen, als sich der Seegang von nicht ganz so schlimmen zweieinhalb Metern auf verrückte fünf Meter steigerte – und dann sogar noch mehr. Wir befanden uns ganz hinten im Feld in tiefem Wasser. Und mussten beide vierundzwanzig Stunden lang Ankerwache halten. Mit laufendem Motor, falls etwas schiefgehen sollte." Seine Augenlider zuckten bei der Erinnerung. „Außerhalb des Ankerplatzes stieg der Wellengang auf über acht Meter an und drängte immer weiter hinein. Am Ende haben wir es ganz gut geschafft. Ein paar andere Boote wurden mitgeschleppt und liefen auf Grund. Der Rest von uns half ihnen, aber das Ganze dauerte zwei Tage."

Zwei lange Tage, in denen er nur zu Julie zurückwollte, bevor sie abreiste. Aber dann wurde es noch schlimmer.

„Und dann kam der Sturm. Das war am Dienstag. Wir lichteten den Anker und fuhren zu einem anderen Ankerplatz mit besserem Windschutz und warteten dort Windstärken von bis zu fünfzig Knoten ab. Drei Tage lang dieser Mist." Er fuchtelte mit den Händen in der Luft herum. „Glaube mir, wenn ich hätte zurückkommen können, hätte ich es getan. Aber erst der Sturm und dann war die See immer noch so aufgewühlt und dann... "

„Seb." Sie drückte seinen Arm.

Er erstarrte, innerlich bereit, dass sie ihn ohrfeigen und zum Abschied anmaulen würde.

„Seb."

Er kniff die Augen zusammen, denn er verdiente alles, was sie ihm entgegenschreien würde.

„Ich verstehe es, Seb. Ich glaube dir."

„Du glaubst mir?"

Sie verzog die Lippen zu einem schmalen Lächeln. „Ja."

Die ganze Luft, die er in seiner Lunge angehalten hatte, entwich in einem gewaltigen Rausch.

„Wirklich?"

Sie nickte. „Wirklich."

Er zog sie in eine Umarmung und holte ein paarmal tief Luft. „Wir sind eine Woche später zurückgekommen, aber... "

„Aber ich war schon weg." Ihre Stimme brach bei der letzten Silbe.

Verloren in Erinnerungen nickte er. Er hatte in der Stadt hundertmal nach ihr gesucht, nach ihr gefragt und gegrübelt, wie er sie erreichen könnte.

„Du warst weg und ich hatte keine Möglichkeit, dich zu kontaktieren – keine E-Mail, kein Telefon, nichts. Ich habe es versucht. Ich habe jede verdammte archäologische Ausgrabung nachgeschlagen, die ich finden kannte, und versucht, eine zu finden, die mit Xtla ... Xtle ... Xt... "

„Xtlemacán." Die schwierigen Maya-Silben kamen leicht über ihre Lippen.

„Aber ich konnte sie nicht finden. Ich konnte dich nicht finden. Ich kannte nicht einmal deinen Nachnamen." Er umarmte sie fester, um das Zittern zu verbergen, das durch seinen Körper rauschte. „Wir haben zwei Wochen lang alles versucht und dann... " Er verstummte, bevor er sagen konnte, *dann habe ich aufgegeben*, auch wenn es stimmte.

Zu diesem Zeitpunkt lag sie bereits in seinen Armen und er wollte sie am liebsten die ganze Nacht lang im Arm halten. Die ganze Woche. Zur Hölle, ein Monat wäre gut. Der Zitrus-Salz-Duft ihres Haares, die sanften Kurven ihres Körpers an seinen gepresst... Ja, das war gut. Besser als gut.

„Also wohin seid ihr danach gefahren?", murmelte sie schließlich.

Er erzählte ihr den Rest schneller, denn es war nicht mehr wichtig, nicht jetzt.

„Tobin hatte versprochen, sich mit seinen Freunden in Mexiko zu treffen, also sind wir die ganze Küste hinaufgesegelt und dann den ganzen Weg zurück hierher. Jetzt sind wir auf dem Weg nach Panama, um dort die Hurrikan-Saison zu verbringen. "

Er hatte nicht widerstehen können, in Santa Marta zu halten und noch einmal zu versuchen, sie zu finden. Und das, obwohl er wusste, dass sie längst weg war. Als Tobin sich darüber beschwert hatte, dass er irgendeiner Tussi hinterherlief, hatte

Seb seinen Bruder fast geschlagen. Julie war nicht nur *irgendeine Tussi.*

Was ist sie denn dann? hatte Tobin gefragt.

Das hatte Seb nicht beantworten können. Er stand einfach nur da, schüttelte den Kopf und gestikulierte vage in der Luft herum. Was genau war Julie für ihn?

Viel, viel mehr als irgendeine Tussi, war das Beste, was er schließlich hatte stammeln können. Dann hatte er seinen Rang als älterer Bruder ausgenutzt und darauf bestanden, dass sie in der Strandstadt Halt machten. Und da hatte er Julie gefunden – im Coco Loco Café, braun gebrannt und wunderschön wie immer.

Und jetzt war sie hier mit ihm auf dieser winzigen Landzunge und studierte ihn mit ihren himmelblauen Augen.

„Die ganze Zeit über wollte ich nur dich." Er zögerte an der Schwelle zu seinem Geständnis und ließ dann den Damm brechen. Was hatte er jetzt noch zu verlieren? „Julie, ich will dich immer noch. Und nicht nur für eine Woche. Nicht für einen Monat. Ich will..." Er hielt kurz inne, weil er wahrscheinlich wie ein egozentrischer Blödmann klang, der er wahrscheinlich auch war. *Ich will, ich will, ich will.*

„Was willst du?", fragte sie so leise, dass er die Worte kaum hören konnte.

„Ich will eine Chance. Mit dir. Um es mit uns zu versuchen."

So. Er hatte es gesagt. Selbst wenn sie ihn sofort zurückwies, hatte er es wenigstens versucht. Denn er wollte nicht nur eine lockere Affäre. Er wollte eine Chance auf mehr. Vielleicht sogar auf für immer.

Natürlich nur, wenn er seine Chance nicht schon verspielt hatte.

Eine Minute lang war sie furchtbar still. Sie beobachtete ihn und sah noch müder und verlorener aus als den ganzen Tag über. Sie öffnete den Mund und er wollte ihr die Worte entlocken. Worte wie, *Ich will das auch, Seb. Ich möchte uns eine Chance geben.*

Sie ließ die Schultern hängen und das Kinn an die Brust sinken. „Ich kann nicht klar denken, Seb. Ich werde von Leuten gejagt. Männer mit Gewehren..."

„Ich werde dir helfen."

„Das hast du bereits."

Er schüttelte den Kopf. „Nein, ich meine, bis zum Ende. Bis wir eine Lösung gefunden haben. Wir werden alles tun, was nötig ist, um sie dir vom Hals zu schaffen oder um dich aus Belize herauszuholen. Koste es, was es wolle."

Sie blickte auf. Ihre Augen glänzen vor … Hoffnung? Tränen? Er konnte es nicht sagen.

„Wir?"

„Wir." Er wiederholte das Wort mit Nachdruck, um sicherzustellen, dass sie es glaubte. Dann versiegelte er seine Lippen, denn würde er noch ein Wort sagen, würde er wahrscheinlich alles vermasseln.

Er schluckte und lauschte, wie sein Herz wild in seiner Brust klopfte. Und wartete … bis sie in seine Arme glitt und ihn an sich zog. Er verschränkte seine Hände hinter ihr und schloss die Augen mit einem stillen Versprechen. Irgendwie würde er sie aus ihrem Schlamassel herausholen. Irgendwie würde er sie in Sicherheit bringen.

Und danach würde er dafür sorgen, dass er nie wieder etwas mit ihr verbockte.

Kapitel 12

Auf einer Skala von eins bis zehn war diese Umarmung mindestens eine Zwölf, entschied Julie. Die Bonuspunkte gab es für seine dicken Arme, die sie gerade fest genug umschlossen, um ihren Körper an seinen zu pressen, ohne das Auf und Ab ihrer Lunge zu behindern. Der gleichmäßige Schlag seines Herzens war wie ein Metronom für sie, dem sie folgen konnte, anstatt in Panik über alles, was schiefgegangen war, ins Straucheln zu geraten.

Bislang war es nie nötig gewesen, dass Seb sie tröstete, aber auch darin war er sehr gut. Und so sehr sie es auch hasste, Trost zu brauchen, es fühlte sich gut an. Das Gewicht seines Kopfes an ihrem, das zeigte, dass er nicht über ihre Schulter starrte oder auf seine Uhr schaute, sondern sich so richtig schön an sie schmiegte, als wären sie beide ein paar verschlafene Schafe.

Doch je länger die Umarmung andauerte, desto weniger schläfrig fühlte sie sich. Ganz im Gegenteil, denn ihre gemeinsame Wärme schien in ihren Unterleib zu strömen. Sie drückte sich mit der Hüfte näher an seine, während ihr Bein immer wieder Python spielen und um seines herumgleiten wollte.

Es kostete sie jeden Rest Willenskraft, sich von ihm zu lösen – alles außer ihre linke Hand, die sich weigerte, loszulassen. Sie neigte den Kopf zur Seite und wortlos gingen sie am Strand entlang.

Es fühlte sich wie ihre allererste gemeinsame Nacht an und doch ganz und gar nicht so. Diese seltsame Mischung aus Gemütlichkeit, Unbehagen und Aufregung war dieselbe. In Santa Marta war jedoch alles nur Spiel und Spaß gewesen. Alles schien so einfach zu sein: der Sand, die Sonne, der Bungalow mit dem großen Bett, das sie zu sich rief. Sein Körper und ihrer, die perfekt zusammenpassten. Keine falschen Versprechen, keine schweren Gefühle. Nur eine Woche voller Spaß.

Zumindest hatte sie sich das eingeredet. Selbst als die Tage und Nächte dieser magischen Woche auf den unvermeidlichen Abschied zusteuerten, hatte sie sich weiter belogen oder es zumindest aufgeschoben. Denn eigentlich hätten sie diesen letzten gemeinsamen Freitag verbringen sollen und dann einen Samstag, um sich zu verabschieden.

Aber dann war der Freitag gekommen und alles ging schief. Sie war zurück zur Arbeit gegangen und hatte sich weiter selbst belogen – sich gesagt, dass Seb nichts bedeutete und dass er kein inneres Feuer in ihr entfacht hatte, das einfach nicht erlöschen wollte.

Das Feuer brannte hell in dieser perfekten tropischen Nacht. Sie schloss ihre Finger um seine und die inneren Flammen loderten noch höher.

„Schöne Insel", flüsterte sie, nur um die Stille zu füllen.

Die Palmen schienen sich alle zu neigen, um zu lauschen. Eine Möwe kam näher und das Weiß ihrer Flügel blitzte im Mondlicht auf.

„Hmm." Seb zog ihre Hand hoch und drückte sie an seinen Bauch. „Hübsches Plätzchen."

Am liebsten wäre sie mit dem Finger über die Muskelstränge unter seiner Haut gefahren. Dieser Ort war schön, aber überhaupt nicht geeignet, einen klaren Kopf zu bewahren oder über wichtigere Dinge nachzudenken, wie die mysteriösen Gangsterpolizisten, die sie zuvor verfolgt hatten.

Nein, dieses idyllische Fleckchen Sand im türkisblauen Meer war einfach nicht der richtige Ort für solche Gedanken. Eher ein Ort, an dem sie ihren Arm um seinen Rücken schlingen konnte, während sie spazieren gingen, und ihn das Gleiche tun ließ.

Die Insel war perfekt für all das. So perfekt, dass sie schließlich aufhörten, zu laufen und sich einander zuwandten, so dass sie sich von Angesicht zu Angesicht gegenüberstanden. Sie drehte sich an Sebs Brust und presste sich direkt zu einem Kuss an ihn. Ein langer, sanfter Kuss, so wie das Meer war. Er schien ewig zu dauern und sie wollte nicht, dass er endete.

Diese Art von Kuss, die nicht lange unschuldig bleiben würde. Nicht mit dem Flüstern der Wellen, dem Kichern der Palmen und dem Schmunzeln der Sterne am Himmel.

Es war wie der zweite oder dritte Kuss in ihrer allerersten gemeinsamen Nacht – der Kuss, der auf die ersten paar schüchternen Berührungen folgte, bevor eine Welle des Verlangens sie beide mitgerissen hatte.

Und einfach so ließ sie ihre Zunge den ganzen Rand seiner Lippen nachzeichnen und dann tiefer eindringen, um mit seiner zu tanzen. Sie drückte ihre Brüste gegen seinen Oberkörper, verdrängte jeden Hauch von Luft zwischen ihnen und rieb sich an ihm wie eine Löwin an ihrem Gefährten. Was gar nicht so abwegig war, wenn man bedachte, dass in seiner Brust ein schnurrendes Grollen aufzusteigen schien. Obwohl Löwen natürlich nicht ihre Pfoten in den Hosenbund ihres Gegenübers schoben.

Er konzentrierte seine Küsse eine Weile auf ihren Hals, bevor er einen langen, schweren Atemzug nahm. „Julie."

Sie schüttelte den Kopf und brachte seine Lippen wieder auf die ihren. Was gab es schon zu besprechen? Sie brauchte Berührungen, keine Worte.

„Julie."

Sie küsste sich durch sein Gemurmel hindurch, als wären sie wieder an jenem Freitag, fest entschlossen, sich durch nichts mehr voneinander fernhalten zu lassen.

„Julie… "

„Wage es ja nicht, jetzt den Gentleman zu spielen", murmelte sie. „Weil ich den Piraten vorziehe."

Seine perfekten Lippen zuckten an den Mundwinkeln. „Ich will ja nicht aufhören, aber die Taschen dieses Piraten sind leer."

Sie brauchte eine Minute, um es zu verstehen. Kein Kondom. Der schamlose Teil ihres Verstandes ließ ihre Hände in seine Taschen wandern und sie gründlich durchsuchen. Kein Kondom, aber sie fand eine Handvoll von etwas anderem. Mehr als eine Handvoll, um genau zu sein.

„Schade", murmelte sie. In gewisser Weise war es ein Kompliment. Vielleicht waren nicht alle Männer sexbesessen.

Dann breitete sich ein heimliches Lächeln auf ihrem Gesicht aus, als sie seine Hände zu ihren Taschen zog und sie hineinführte. Es raschelte und Seb grinste breit.

„Moment. Du hast ein Kondom?“

„Das habe ich.“ Sie grinste an seinen Lippen und fühlte sich lächerlich selbstzufrieden. Es war ihr egal, was das über Frauen und ihr eigenes sexbesessenes Denken aussagte.

In Wahrheit hatte sie sich in dem winzigen Badezimmer auf der *Serendipity* frisch gemacht, als ihr die Kondome aus der Tasche gefallen waren. Und sie hatte sie ohne nachzudenken eingesteckt. Aber vielleicht war ihr Unterbewusstsein am Werk, denn irgendetwas an Seb hatte diese Wirkung auf sie. Diese Kombination aus wirklich *nettem Kerl* und *Seeräuber*.

„Und hier bin ich – ganz der Gentlemen, während du die Verführerin bist“, murmelte er.

„Ich ziehe Piratin vor, vielen Dank auch.“ Sie ließ ihre Sandalen über die rauen Korallen unter ihren Füßen rollen. „Obwohl ich zugeben muss, dass ich noch nie einen Mann auf einer unbewohnten Insel vernascht habe. Wie steht es mit dir?“

„Ob ich einen Mann vernascht habe?“

Spielerisch schlug sie ihn und fuhr dann mit der Hand über seine Hüfte. Ein winziges Zittern durchfuhr ihn und ließ ihren Puls in die Höhe schnellen.

„Hast du jemals eine hilflose Jungfer in Not gerettet und sie auf einer einsamen tropischen Insel geküsst?“ Sie hielt den Atem an und war sich plötzlich nicht mehr sicher, ob sie das wissen wollte. Vielleicht hatte er den ganzen Weg die Küste hinunter Frauen verzaubert.

Er schnaubte und drehte sich so, dass ihre Körper perfekt aufeinander ausgerichtet waren. „Du bist keine hilflose Jungfer.“

„Heute war ich eine.“

„Du bist über eine dreieinhalb Meter hohe Wand mit Glas obendrauf geklettert!“

„Zweieinhalb Meter. Höchstens drei.“

„Du bist auf ein fahrendes Motorrad gesprungen.“

Darüber musste sie lachen. „Du hast dich kaum bewegt.“

„Ich bin mindestens fünfundvierzig gefahren.“

Sie schüttelte den Kopf und küsste ihn dann, was ihr einen weiteren Schauer durch den Körper jagte. „Du hast die Wahl, Seemann: Willst du eine Palme benutzen oder willst du es in der Missionarsstellung im Sand machen?"

Er startet zur Krone der nächstgelegenen Palme hinauf. „Palme?"

„Ich meine dagegengelehnt, nicht obendrauf."

Seine Augen strahlten genug, um ihr zu verraten, dass er diese Fantasie wahrscheinlich auch gehabt hat, es bisher jedoch nie ausprobiert hatte. Er strich mit der Hand über ihre Shorts und es raschelte erneut.

„Wie viele Kondome hast du da drin?"

Hitze stieg ihr ins Gesicht, denn ja, es fühlte sich gut an. Begehrt zu werden – und das mehr als einmal – und das schon im Voraus.

„Zwei."

Er nickte. Der schelmische Blick war verschwunden und wurde durch etwas Dunkleres und Begierigeres ersetzt. „Dann stimme ich für die Palme." Jetzt ganz der Pirat, drückte er sie mit dem Rücken gegen den nächsten Baumstamm. „Und danach suchen wir uns ein glattes Fleckchen Sand, wo ich dich hinlegen und dein Gesicht im Mondlicht betrachten kann, wenn ich dich berühre."

Seine Worte waren wie eine dritte Hand, die über ihre Wirbelsäule glitt. Denn zwischen den Zeilen sagte er: *Ich will dein Gesicht im Mondlicht sehen, während ich dich besinnungslos vögle. Ich will, dass es gut für dich und für mich ist.*

Sie klammerte sich an sein Polo-Shirt und wünschte, es wäre bereits weg.

„Wo willst du mich berühren?", fragte sie jetzt ganz heiser. Weil sie mit dem Rücken an den Stamm der Palme gelehnt war und seine Hüfte gegen ihre drückte. Hart.

Er schüttelte den Kopf. „Ich werde die ganze Piratenfantasie nicht zu früh verraten." Er strich über den unteren Rand ihres Bikinioberteils und sie presste sich noch fester an ihn.

„Gut, dass es nicht länger Fantasie bleiben muss."

Kapitel 13

„Gut", flüsterte Seb.

Er hätte genauso gut *Los!* rufen können, denn sie waren beide nicht mehr aufzuhalten. Er senkte den Mund an ihren Hals, knabberte zwischen seinen Küssen an ihrer Haut und Julie ließ den Kopf nach hinten an den Baum kippen. Gleichzeitig zerrte er an dem Bikiniverschluss, der aus dem Kragen ihres T-Shirts ragte. Einen Moment später baumelten sowohl das T-Shirt als auch der Bikini bereits von ihren Händen und sie war diejenige, die sie ausgezogen hatte.

Ja, sie war es, die ihn zur Eile antrieb, denn das war viel besser als Angst, Ungewissheit und die Frage, wo zum Teufel sie als Nächstes hingehen sollte. Das hier war warm und angenehm und sicher, denn in diesem Piraten steckte ein Prinz von einem Mann, der ihr jedes Vergnügen bereiten und jedes Verlangen stillen würde.

Seb umfasste ihre Brüste und hob sie an, während er mit den Daumen an ihren Brustwarzen spielte, bis sie hart wurden. Sie schloss die Augen und genoss seine Berührungen mit allen Sinnen. Seine Seemannshände waren wie Massagepads, die von grobem Scheuern zu sanftem Reiben wechselten, je nachdem welcher Teil seiner Handfläche und seiner Finger sie an verschiedenen Stellen berührte. Sie schob die Schultern nach hinten, um ihm besseren Zugang zu gewähren. Ihr Atem wurde zu einer Art Ausdrucksform, während sie schnaufte und ihre Lust in die Nacht hinaus seufzte.

„Das gefällt dir", gluckste er.

Sie nickte. Seb könnte sie kopfüber an dieser Palme festbinden und es würde ihr gefallen. Das war ihm schon immer gelungen – ihren inneren Schalter zu finden und ihn umzulegen. Weg mit der tüchtigen, unabhängigen Frau und her mit dem wimmernden Biest.

Er folgte den Kurven ihres Körpers hinunter wie auf einer Rutsche und küsste sie dabei. Sie wollte am liebsten nach mehr schreien, weil er jeden Urtrieb in ihrer Seele erweckte. Sie fuhr mit den Händen durch sein Haar und führte ihn von der runden Seite einer Brust zur Brustwarze. Aber verdammt, der Mann glitt beim ersten Mal einfach drüber hinweg. Als sie gerade protestieren wollte, kam er zurück, schnappte sie und saugte daran.

Sie schrie auf und ließ ihren Kopf nach hinten gegen den Baum sinken. Seb konnte sie allein durch seine Berührung high machen. Die Sterne sahen bereits wie verschwommene Lichtwirbel aus. Eine ganze Kunstgalerie von Sternbildern erstreckte sich über ihnen und feuerte sie an.

Es fühlte sich gut an. Es fühlte sich ... frei an. Was eigentlich keinen Sinn ergab, aber ihr Instinkt sagte ihr, dass es richtig war.

Sie zupfte mit den Fingern an seinem T-Shirt und versuchte verzweifelt, es auszuziehen. Seb lehnte sich leicht in die Hocke zurück und zog sein T-Shirt aus, so dass ein ganzes Schachbrett aus Muskeln für ihren Blick sichtbar wurde. Dann war er wieder da, saugte ihre Brustwarze in seinen Mund und ließ sie langsam wieder los. Rein und raus, bis das Meeresrauschen in ihren Ohren zu einem Tosen wurde.

Es war genau das, woran sie sich von ihrer unbeschwerten gemeinsamen Woche erinnerte – und was sie versucht hatte zu vergessen. Seb hatte ihr immer alles gegeben, ohne eine Gegenleistung zu verlangen. Er hatte es nur eilig, ihr Vergnügen zu bereiten, so schien es.

Plötzlich richtete er sich auf und nahm ihrem Mund mit einem plündernden Kuss in Besitz. Er drückte mit seinem gesamten Gewicht gegen sie, angefangen von der glatten Ausdehnung seiner Brust, die sich gegen ihre Brüste drückte, bis hin zu seinen wohlgeformten Schultern unter ihren Händen. Er bräuchte nur noch einen Vollbart und schon wäre er Neptun, der aus dem Meer stieg, um sich mit der Frau seiner Wahl zu vergnügen.

Und das war sie. Schlicht und ergreifend sie. Sie war seine erste Wahl.

Sie schob ihre Hände an seinem Körper hinunter, zog seine Shorts so weit nach unten, dass er sie ausziehen konnte, und ließ sie dann auf Erkundungsreise gehen. Sie glitt mit den Händen nach hinten, um seine kräftigen Pobacken zu bewundern, bevor sie zur Vorderseite herumglitt, um seinen Schwanz zu packen. Er atmete zischend ein und sie tat es ebenso. Dann glitt sie über seine geschwollene Eichel und fuhr wieder nach oben, wobei sie die Vorhaut mit sich zog.

Sein Kopf lag schwer an ihrer Schulter, aber der Großteil seines Körpers wurde steif, als er stöhnte. „Ju... "

Gut zu wissen, dass sie nicht die Einzige war, die hier den Verstand verlor.

„Du magst das", murmelte sie.

„Mögen?" Er schüttelte den Kopf und flüsterte: „Mögen es nicht das richtige Wort."

Sie wiederholte die Bewegung und stellte sich vor, wie er in ihren Körper stieß, anstatt in ihre Hand. Ihre Zehen zuckten vor Vorfreude und ihr Innerstes zog sich sehnsüchtig zusammen. Sie glitt an ihm hinunter und strich mit einem Finger erneut über seine Eichel. Dann zog sie die Hand nach oben und spürte seinen Puls in ihrer Hand.

„Mach das noch mal." Seine Stimme war heiser, als würde er innerlich vor Lust schreien.

Sie tat es wieder und wieder, bis er erschauderte und ganz still wurde, als er gegen den Drang zu kommen ankämpfte.

„Warte." Sein Kinn lag an ihrer Schulter und sie spürte, wie er schluckte. „Warte."

Sie stand ganz still, eingeklemmt zwischen seinem Körper und dem Baum. Er stieß einen langen tiefen Atemzug aus und der Blick in seinen Augen sagte, dass er nah dran war, sehr nahe.

Sie spürte etwas an ihrer Seite: seine Hand, die in ihre Tasche griff.

„Das werde ich jetzt brauchen." Er schüttelte den Kopf, als könnte er nicht recht glauben, was er da tat. Der Mann mochte es, stets die Kontrolle über sich selbst zu haben, genauso wie sie es mochte, ihn über den Abgrund zu schubsen.

„Dann werde ich die wohl nicht brauchen." Sie schob ihre kurze Hose langsam über die Hüfte hinunter.

Er folgte jedem Zentimeter mit seinen Augen, selbst als er das Kondom über seine Länge abrollte. Dann zog er ihre Arme hoch, drückte sie gegen die Palme und lehnte sich dicht an sie. Er sah ihr in die Augen und beobachtete ihre Reaktion, als er seinen Körper an ihren schmiegte.

Sie schlang ein Bein um seine Wade und schob es hoch. Höher. Dann neigte sie es zur Seite und öffnete sich für ihn. Er bückte sich leicht und drückte sich an sie.

„Seb", flüsterte sie. Sie wollte seinen Hintern packen und ihn hineinführen, aber der Mann wollte einfach nicht nachgeben. Jede Bewegung seines Körpers spannte sie weiter und weiter – wie einer dieser Gummibandhubschrauber, mit denen sie als Kind gespielt hatte –, bis sie fast dachte, sie würde zerreißen. Aber er drehte noch eine Runde und noch eine, um ihr zu sagen, dass er noch nicht bereit war, sein Werk loszulassen, damit sie flog, flog, flog.

„Du weißt, dass du rein willst." Ihre Stimme war schwer und verführerisch.

Seine Nasenflügel bebten. Sie zog ihn näher an sich heran und stieß ihre Hüfte nach vorn, damit er ihre Hitze spüren konnte.

„Ja, ich will rein." Er nickte.

„Dann nimm mich, Pirat." Sie wackelte mit ihren Fingern an seinen.

Seine Augen waren dunkle Tiefen mit winzigen Lichtpunkten, die sich ganz auf sie konzentrierten. Aber er wartete. Und wartete... Worauf wartete er?

Er wartete darauf, dass sie ihm vertraute, wurde ihr einen Moment später klar. Nicht nur mit ihrem Körper, sondern auch mit ihrem Herzen.

Sie schloss die Augen und konzentrierte sich auf das Heben und Senken seiner Brust. Seinen Duft atmete sie tief in ihre Lunge und ihre Muskeln entspannten sich. Sie atmete noch einmal tief ein, öffnete dann die Augen und sagte die Worte mit ihrem Blick, die sie nicht ganz über die Lippen brachte.

Ich vertraue dir.

Seine Augen schimmerten und er lächelte wie eine zufriedene Raubkatze. Langsam, aber sicher schob er ihre Hände auf seine Schultern und zog ihr Bein an seiner Taille höher. Dann hob er auch das andere hoch, zog sie vom Boden und drückte sie an sich.

Als er sprach, war seine Stimme so kieselig wie grober Sand. „Bereit, Mylady?"

Und wie breit sie war. „Bereit, Pirat."

„Gut." Er senkte seine Stimme. „Weil ich rein will. Tief rein."

Kapitel 14

Seb zwang sich, alle Empfindungen zu katalogisieren, die über ihn hereinbrachen. Den frischen Dschungelduft, der Julie auf Schritt und Tritt folgte... Das Gefühl des unebenen Korallenbodens unter ihren Füßen... Das fahle Licht des Mondes, das ihre Lust verriet. Der Baum hinter Julie war hart, aber ihre Brüste waren weich. Der Rest von ihr war straff, durchtrainiert, und sie streckte sich ihm entgegen.

Hieß ihn willkommen. Vertraute ihm sogar.

Dieser Teil stieg ihm zu Kopf wie eine Droge. Die Frau war wie eine Schatzkiste – stets mit einem neuen Geheimnis, einem neuen Juwel. Es sorgte für die beste Art von Vorfreude – sogar noch besser als beim ersten Mal mit ihr in jener Nacht am Strand von Santa Marta. Dieses Mal brauchte er sich nicht zu fragen, wie gut es sein würde.

„Seb", stöhnte sie und zog seinen Namen in die Länge, während er sie langsam auf seine Erektion hinuntersinken ließ.

Das gemächliche Eindringen ließ ihn darauf brennen, sofort in sie zu stoßen. Aber langsam war gut. Langsam war perfekt.

Langsam war der Himmel.

Er schob die Hüfte vor, bis er sie hart gegen den Baum drückte.

„Seb... " Sie ließ seinen Namen in der Luft hängen und bettelte um mehr.

Er musste tief durchatmen, bevor er sich zurückzog und noch einmal auf diese schmerzlich intensive Weise in sie eindrang. Dieses Mal noch tiefer als zuvor.

„Mach das noch mal, Seb", hauchte sie. „Langsam."

Er grinste. „Du magst das."

„Ich liebe es." Sie krümmte ihren Rücken und zog ihn in sich. „Ich liebe alles mit dir."

Dieses L-Wort kam immer näher und er wollte mehr davon hören. Vielleicht sogar kombiniert mit ein paar anderen Worten, wie *ich* und *dich*.

Er stieß erneut zu, dieses Mal noch tiefer. Sie krallte sich mit den Fingernägeln an seinen Schultern fest und er wünschte sich, dass sie die Worte sagte. *Ich liebe dich.* Weil, wow. Er war kurz davor, selbst damit herauszuplatzen.

Er war auch kurz davor zu kommen, bevor sie es konnte, was überhaupt nicht in Frage käme. Sie hatten sich schon früher einen stillen Wettstreit geliefert, indem sie sich beide hartnäckig an den Rand ihres Höhepunkts klammerten und nicht bereit waren, als erstes über den Abgrund zu stürzen. Meistens war es ein Unentschieden. Und dieses Mal? Er würde auf keinen Fall zulassen, dass diese Wände kletternde, auf Motorräder springende, Kugeln ausweichende Frau ihn vorführte. Niemals.

Er wippte mit der Hüfte. Sein Herz schlug laut. Langsam und gleichmäßig wurde zu schnell und wild, bis Julie seinen Namen stöhnte. Bald schon verlor er das Rein und Raus aus den Augen und wusste nicht mehr, wo er aufhörte und sie anfing. Er ließ sich einfach treiben, bis Julie zu zucken begann – einmal, zweimal, dreimal. Sie stieß einen keuchenden Schrei aus, als er an dieselbe Grenze geriet und schließlich losließ.

Er stürzte in den Strudel eines schwindelerregenden Rausches gefolgt von einem warmen verträumten Schleier, in dem er nichts außer ihrem Körper und der Meeresbrise wahrnahm. Er wollte es auch nicht. Musste es nicht, denn nichts anderes war wichtig.

Ihre Lippen kitzelten ihn an der Wange. Sie verlagerte das Gewicht und er ließ sie langsam hinunter, um den Zauber nicht zu brechen. Er wollte, dass es ewig so weiterging wie eine Art Nimmerland. Und das hätte es auch, wenn sie ihm nicht etwas ins Ohr geflüstert hätte.

„Was ist das für ein Geräusch, Seb?"

Der Klang seines Herzens, das in seiner Brust Liebeslieder trällerte?

„Welches Geräusch?“

Sie nickte mit dem Kopf in die Richtung des offenen Meeres, wo das Rauschen der Wellen von einem entfernten Summen unterbrochen wurde.

„Dieses Geräusch.“

Dann hörte er es und jeder Muskel, der gerade noch damit beschäftigt gewesen war, in Glückseligkeit zu zerfließen, war plötzlich in Alarmbereitschaft. Denn dieses Geräusch war ein Motorboot und es kam direkt auf sie zu.

Kapitel 15

Seb konnte sich die zweite Hälfte seiner Piratenfantasie nicht erfüllen, nicht, wenn sich das Geräusch eines starken Motors mit voller Geschwindigkeit der Insel näherte. Im Mondlicht war der Rumpf des Boots nur als schemenhafte Silhouette zu erkennen, aber er konnte es sehen – die niedrige, schnittige Form eines Motorboots.

„Scheiße." Seb schaute zur Serendipity hinüber. Er hatte Tobin gesagt, er solle das Ankerlicht ausschalten, aber der Schein der Kabinenbeleuchtung war kilometerweit zu sehen.

Er spürte, wie Julie ihre Hand um seinen Unterarm schloss. „Ähm, ein später Nachzügler am Ankerplatz?"

„Könnte sein." Bereits während er es aussprach, wusste er, dass das nicht der Fall war.

„Vielleicht ein gechartertes Fischerboot?", versuchte sie erneut.

Das Ferne Dröhnen wurde zu einem Brummen, als das Motorboot langsamer wurde und eine lange berechnende Kurve in die eine und dann in die andere Richtung drehte.

„Vielleicht", sagte er, obwohl sein Gefühl sagte: *unwahrscheinlich*. Welcher selbstmörderische Seekapitän würde nachts über diese Riffe fahren?

Ein Kapitän, der diese Riffe wie seine Westentasche kannte. Einer mit einem sehr guten GPS und einem überaus dringenden Grund, an diesen Ankerplatz gelangen zu wollen. Sofort.

Ein Teil von ihm wollte sich auf der Insel verstecken, während der andere Teil in zurück zur *Serendipity* drängte. Nach Hause. In der Überzahl wären sie sicherer, wenn man sich darauf verlassen konnte, dass sein Bruder im Notfall half.

Wenn.

„Lass uns gehen." Seb sprach ruhig und gelassen, aber es war nicht zu überhören, dass er es eilig hatte, nach seinen Sachen zu greifen und zum Schlauchboot zu gelangen.

Julie tat es ihm schnell und leise nach, hielt aber kurz inne, bevor sie das Schlauchboot vom Uferweg schoben. „Ich schulde dir eine runde Missionarsstellung am Strand, Pirat." Sie zog ihn in eine Umarmung und murmelte den Rest. „Und vergiss das ja nicht."

Auch wenn seine Nerven bei der Vorstellung, wer in diesem Motorboot sitzen könnte, blank lagen, ging ihm das Herz auf. „Versprochen?"

Sie nickte entschlossen. „Versprochen."

Sie stießen sich ab und sprangen gemeinsam in das Schlauchboot. Der Mond tanzte über das Meer und glitzerte am östlichen Horizont. Nachts durch das Wasser zu gleiten, fühlte sich immer wie ein Weltraumflug an, doch heute Abend konnte er nicht innehalten, um sich an der Schönheit zu erfreuen.

Seine Gedanken überschlugen sich. War es ein Fischerboot, das für einen Nachtcharter unterwegs war? Ein Drogenschmuggler? Oder schlimmer noch, die Männer, die hinter Julie her waren?

Er wollte den Gedanken verwerfen, aber er ließ ihn einfach nicht los. Woher sollten diese Männer wissen, wo die Serendipity zu finden war? Woher sollten sie überhaupt wissen, dass sie an Bord war?

Als das Schlauchboot gegen den Rumpf der Serendipity stieß, war sein Unbehagen noch größer geworden. Das Motorboot steuerte direkt auf sie zu. Er stellte den Außenbordmotor ab und in der darauffolgenden Stille konnte er die Stimme seines Bruders hören.

„Ja, es ist schön und ruhig hier draußen an Cayo Coco...", sprach Tobin in das Funkgerät.

Scheiße! In seiner Eile seinen Bruder zum Schweigen bringen zu wollen, wäre Seb beinahe über Julie geklettert. Jetzt war nicht der richtige Zeitpunkt, ihre Position in der allabendlichen Funkplauderstunde der Segler zu verkünden!

Ein leistungsstarker Suchscheinwerfer ging an und erwischte Seb mitten auf der Heckleiter.

„Hände hoch!", tönte eine Stimme mit spanischem Akzent durch die Nacht.

Julie blinzelte wie ein Reh im Scheinwerferlicht und auch Seb erstarrte.

„Hände hoch!" Dieses Mal ertönte mit der Stimme ein metallisches Klicken – das metallische Klicken eines Gewehrs, das gespannt wurde.

Er riss die Hände in die Luft. Er konnte die Umrisse eines zehn Meter langen Bootes und von drei Männern erkennen. Oder waren es vier? Er musste etwas tun – aber was? Sollte er Tobin anweisen, sich zu verstecken? Julie über Bord schubsen und die Männer ablenken, so dass sie wegschwimmen konnte? Aber er konnte nirgendwohin. Es gab kein Versteck.

„Heilige Scheiße. Welcher Idiot kommt so nah an... " Tobin stieg die Niedergangsleiter hinauf und erstarrte dann, als das Licht auf ihn fiel.

Das Motorboot verringerte den Abstand langsam so wie ein Jäger, der sich seiner Beute näherte. Es brummte in einem langsamen Halbkreis um die Serendipity herum und glitt längsseits an ihr entlang. Seb zuckte zusammen, als der Rumpf des Bootes über den der *Serendipity* kratzte.

„Hey, Mann, die Lackierung ist neu!" Tobin stieß gegen die Reling des Motorbootes.

Seb schob Julie hinter sich, als ein Mann auf das Deck der *Serendipity* sprang. Im Gegenlicht des Scheinwerfers war es unmöglich, das Gesicht des Mannes zu erkennen, aber die Waffe in seiner Hand war deutlich zu sehen.

„*Señorita* Steffens, wie schön, Sie wiederzusehen", säuselte der Mann mit seinem spanischen Akzent.

Seb verlagerte sein Gewicht nach rechts und bildete eine Mauer vor Julie.

„Ich kann nicht sagen, dass es auf Gegenseitigkeit beruht", schoss sie zurück.

Seb streckte warnend eine Hand nach hinten an ihre Taille und hob die andere wie ein Stoppschild vor sich hoch. „Was wollen Sie?"

Eine weitere Gestalt sprang an Bord und brachte die *Serendipity* zum Schwanken. Das Aneinanderreiben der Rümpfe erzeugte ein Quietschen, wie Fingernägel auf einer Tafel, das ihm eine Gänsehaut bereitete.

Der erste Eindringling deutete mit seiner Waffe in Richtung Kabine. „Hinein. Sie alle. Sofort."

Julie zögerte, aber Seb schob sie zur Treppe, während er seinen Körper weiter zwischen den Männern und ihr behielt. Die Kabine war winzig mit einem einzigen schmalen Gang in der Mitte. Er drängte Julie so weit wie möglich nach hinten und streckte sich zu seiner vollen Größe auf. So standen sie da, wie drei Entlein in einer Reihe – Julie ganz vorn, er daneben und Tobin am nächsten zu den Eindringlingen im hinteren Teil der Kabine.

Tobin warf ihm einen Blick zu, der sagte: *Scheiße, was jetzt?*

Seb konnte ihm nichts Besseres bieten als einen Blick, der antwortete: *Bleib cool.*

Der Anführer hatte einen dicken Schnurrbart und trug ein braunes Hemd, eine braune Hose und hohe Stiefel, die ihn wie einen zwielichtigen Söldner wirken ließen. Und soweit Seb es wusste, war er nebenbei genau das, auch wenn das Abzeichen der *Belize Defense Force* seinen Ärmel zierte.

„*Señorita* Steffens, Sie haben ein Paket. Ich will es haben."

Tobin drehte sich um und warf Julie einen Blick zu, der sagte: *Mein Gott, Mädchen! Nicht einmal ich bin so dumm, irgendwelchen Scheiß anderer Leute zu transportieren!*

Seb sträubte sich. Julie war nicht dumm. Sie würde doch nichts Illegales tun. Oder doch?

„Und wer sind Sie?" Julie streckt ihr Kinn nach vorn und zeigte mehr Empörung als Angst. Seb kam nicht umhin, als sie ein weiteres Mal zu bewundern. Sein Mädchen hatte Mumm.

Sein Mädchen. Er verlagerte das Gewicht, um ihr so gut wie möglich Deckung zu geben, da er nur seinen Körper als Schutzschild hatte.

„*Capitán* Hernandez von der Defense Force."

„Und Sie sind in offizieller Funktion hier?"

„Natürlich." Die Stimme des Mannes wurde zuckersüß.

Ja, alles klar, dachte Seb.

Julie verschränkte die Arme. „Ich habe nur ein Paket von Professor Leeds für den Konvent der Barmherzigen Schwestern in Matigúas.“

„Ja, Professor Leeds und ich sind alte … Freunde.“

Seb vermutete, dass das Zögern bedeutete, dass sie eher alte Widersacher waren. „Ich bin gerne bereit, das Paket für Sie abzuliefern“, fuhr Hernandez mit einem Krokodilslächeln fort.

„Darauf wette ich“, schoss Julie zurück.

Er machte eine kleine Geste mit der Pistole. „Und um was genau möchten Sie wetten, *Señorita?*“

Es wurde still in der Kabine; selbst Tobin schwieg. Das Aneinanderreiben der Rümpfe klang unter Deck noch rauer und jedes Plätschern des Wassers entlockte der *Serendipity* ein leises Stöhnen. Seb atmete tief ein. Dies war das Boot seines Großvaters – das Boot, das ihm anvertraut worden war. Er konnte doch sicher mehr als das hier?

Er trat einen Schritt auf den Eindringling zu, hielt aber inne, als der Gewehrlauf gegen seine Brust schwang.

Er nahm die Hände hoch. Er liebte dieses Boot, aber es war weder sein Leben noch Julies Leben wert.

„Gib es ihm“, sagte er und schaute den Mann mit einem Blick an, der deutlich machte, dass die Waffe das Einzige war, was ihn davon abhielt, sich zu nähern.

Er wusste nicht, was in dem Päckchen steckte, aber es wäre sicher kein Rosenkranz – nicht wenn diese Typen hinter dem Ding her waren. Er nickte Julie zu und forderte sie auf, es ihm zu übergeben. Je schneller sie das, was auch immer es war, loswurden, desto besser.

Sie ließ eine Sekunde verstreichen, bevor sie nach ihrem Rucksack griff und ein schuhkartonförmiges Päckchen herauszog. In angespannter Stille reichte sie es Seb. Es wog etwa so viel wie zwei Pfund Mehl. Erheblich, aber nicht bleiern. Er reichte es Tobin, um es dem Mann zu geben, und machte mit seinen Händen eine fast abwehrende Bewegung.

„Es gehört Ihnen“, sagte er. Was auch immer *es* war. „Gehen Sie.“ Mit den Augen fügte er hinzu, *Verschwinden Sie von meinem Boot.*

Der Mann wog das Paket in seiner Hand ab, während sich ein gieriges Lächeln auf seinem Gesicht ausbreitete.

„*Gracias, Señorita.* Wenn der gute Professor Leeds Sie das nächste Mal bittet, etwas für ihn zu transportieren, überlegen Sie es sich vielleicht zweimal. Oder Sie bringen es direkt zu mir." Er grinste breit.

„Als ob es ein nächstes Mal gäbe", antwortete Julie mit zusammengekniffenem Gesicht.

„*Adios*", fügte Tobin hinzu.

Der Mann schüttelte den Kopf. „Oh, wir sind noch nicht fertig." Er machte eine Bewegung mit seiner Waffe. „Auf die Knie."

Kapitel 16

Ein kalter Schauer lief Seb den Rücken hinunter.

Tobin hob die Hände. „Hey Mann, Sie haben doch, was Sie wollen. Nehmen Sie es einfach und verschwinden Sie. Wir haben nichts getan."

Stahl blitzte auf und eine Bewegung wirbelte herum, als der Mann den Lauf seiner Waffe gegen Tobins Wange schlug. Tobin stöhnte und fiel wie ein Stein zu Boden. Julie stieß ein entsetztes Quietschen aus. Seb hörte seinen eigenen kehligen Protestschrei, während die Männer, die sich aus dem Cockpit hineinlehnten, wie Zuschauer bei einem Boxkampf brüllten.

Seb beugte sich über seinen Bruder und fluchte leise vor sich hin, bevor er von dem Mann mit der Waffe weggetreten wurde. Er stürzte nach hinten und die Hand, die er zur Verteidigung hochhielt, war blutverschmiert. Vom Blut seines Bruders.

„Scheiße, Mann!", murmelte Tobin vom Boden aus und griff sich an die Wange.

„Auf die Knie!"

Tobin war bereits da. Julie kniete langsam nieder. Seb warf dem Eindringling einen frostigen Blick zu, bevor er sich fügte. Schnell gesprochenes Spanisch gemischt mit Englisch folgte und ein zweiter Mann kam mit etwas in der Hand näher. Er riss Tobins Hand von seinem Gesicht und zwang sie hinter seinen Rücken, klemmte beide Handgelenke zusammen und wickelte etwas darum.

Kabelbinder, wurde Seb bewusst. Der Mann fesselte Tobin. Bedeutete das, dass sie gefesselt zurückgelassen wurden oder ob sie über Bord geworfen werden sollten, um zu ertrinken? Dem Tonfall des Gesprächs nach zu urteilen wussten es die Eindringlinge selbst auch nicht.

Dann kreischte das Funkgerät mit einer statisch geladenen Stimme. „*Serendipity, Serendipity*, hier ist *Bluegrass, Bluegrass*. Seid ihr noch da?"

Alle erstarrten und die Stimme meldete sich erneut.

„*Serendipity, Seren–*"

Der Mann, der am nächsten stand, schlug mit dem Gewehrkolben auf das Funkgerät ein, sodass Metall und Plastiksplitter umherflogen.

Seb starrte auf die Überreste seines Funkgeräts und knurrte. Sein nagelneues Funkgerät, das einen vierstelligen Betrag gekostet hatte und welches er eigens für diese Reise gekauft hatte.

Der zweite Mann trat über Tobin hinweg, stieß Seb zu Boden und riss seine Hände zusammen. Einen Sekundenbruchteil später schnitt der Kabelbinder in seine Haut und der Mann drehte sich zu Julie um.

Jeder Instinkt in Seb loderte auf. *Mann töten. Frau beschützen. Zuhause beschützen.*

Julies Augen waren trotzig, aber ihre Wangen waren blass. Gott, wenn sie sie anfassen würden...

Der Mann zog sie auf die Beine und riss ihre Hände hinter den Rücken. Dann hielt er mit einem anerkennenden Gackern inne.

Julie erblasste und hundert hässliche Szenarien schossen Seb durch den Kopf. Er stemmte seinen rechten Fuß gegen den Fußboden und war bereit, loszuspringen – um irgendetwas zu tun.

Der Mann strich mit einer Hand über Julies Rücken und wandte sich dann grinsend an seine Kollegen.

„Vielleicht kriegen wir heute Abend einen zweiten Preis."

Seb ließ seine rechte Schulter sinken und machte sich bereit, den Mann zu rammen. Was er danach mit auf dem Rücken gefesselten Händen und drei auf ihn gerichteten Waffen tun würde, wusste er nicht. Aber er würde nicht einfach nur dastehen. Die linke Hand des Mannes glitt ein paar Zentimeter tiefer. Tiefer, über den Saum von Julies T-Shirt hinaus. Seine rechte Hand schob er an Julies Taille entlang.

Jeder Muskel in Sebs Körper spannte sich an, als er sich zum Sprung bereitmachte.

Plötzlich wurde die Stille von einem grässlichen Knistern durchbrochen und alle Augen richteten sich auf die Tür. Aus dem Funkgerät des Polizeibootes ertönte eine hektische Mischung aus Rauschen und kehligen Rufen.

Seb spitzte die Ohren, um irgendeinen Sinn in dem Lärm zu erkennen.

„*Capitán! Capitán!*" Der Mann draußen im Cockpit winkte Hernandez zu sich. „*Capitán!*"

Es folgte ein spanisches Sprachgewirr und selbst der Mann, der Julie anstarrte, sah gequält aus. Wurden sie zu einer anderen Mission gerufen – einer legitimen? Vielleicht mussten sie Bericht erstatten?

Hernandez' Augen blitzten auf und er umklammerte seine Waffe fester. Schließlich sprach er durch zusammengebissene Zähne. „*Vamos.*"

Seb fiel ein Stein vom Herzen. Zumindest fühlte es sich so an, als der Mann neben Julie einen Schritt zurücktrat. Er schaute finster drein, wickelte einen Kabelbinder um Julies Handgelenke und stieß sie so heftig, dass sie zu Boden stürzte. In diesem Moment hätte Seb ihn fast doch noch gerammt.

Der Kabelbindermann stürmte an ihm vorbei, rammte Seb ein Knie in die Rippen und trat Tobin in die Seite. Seb kämpfte darum, aufrecht zu bleiben, während der Schmerz durch seine angespannten Nerven schoss – gemischt mit Erleichterung. Die Männer stapfen alle die Treppe hinauf. Weg. Raus.

„*Señorita* Steffens." Hernandez hielt an der Tür inne und machte eine Bewegung mit seiner Waffe.

Seb lehnte sich nach rechts und versperrte die Schussbahn auf Julie. Nur für den Fall der Fälle.

„Ich schlage vor, Sie vergessen, was hier passiert ist, und verlassen mein Land", sagte Hernandez. „Schnell. Denn wenn Sie sich erinnern... " Der Mann hielt inne und schüttelte den Kopf. „Das wäre schlecht. Sehr schlecht."

Aus den Augenwinkeln sah Seb, wie Julies Lippen eine geistreiche Antwort formulierten. Aber sie verkniff sie sich –

dem wütenden Zucken ihrer Wange nach zu urteilen, nur gerade so.

Dann war auch der Schnurrbartmann verschwunden und Schritte hallten durch den Schiffsrumpf. Ein dumpfer Schlag, Befehlsrufe und das Aufheulen des Motors des anderen Bootes, gefolgt von einem ohrenbetäubenden Kratzen an der gesamten Länge der *Serendipity* entlang.

Das Dröhnen verschwand in der Ferne und sie waren allein. Lebendig.

Quicklebendig fast sogar.

Der Geschmack von Galle füllte Sebs Mund, als er sich die Alternative vorstellte.

Er wandte seinen Blick dem blutverschmierten Gesicht seines Bruders zu. Tobin krümmte sich, stöhnte dann und gab auf.

„Julie", seufzte Tobin in Richtung Decke, „du hast wirklich einiges zu erklären."

Kapitel 17

„Zuerst müssen wir hier raus." Julie verdrehte ihre Hände, die hinter ihrem Rücken gefesselt waren.

Seb konnte sehen, wie sie versuchte, ihre Hände zu befreien. Ungefähr zu diesem Zeitpunkt würde die durchschnittliche Frau – verdammt, auch der durchschnittliche Mann – in Tränen ausbrechen und zu einem Häufchen am Boden zusammensacken. Aber Julies Augen blitzten Wut, nicht vor Angst. Sie zappelte herum wie ein Fisch an der Angel, murmelte etwas vor sich hin – eine ganze Flut von Schimpfwörtern, die alle gegen einen Mann gerichtet waren.

„Professor Scheißkerl Gregory Leeds, wenn ich dich in die Finger kriege. . . " Mit einer Rolle und einem Satz drehte sie sich auf den Bauch. „Von wegen Kloster der Barmherzigen Schwestern in Matigúas." Sie brachte sich mit der Stirn und ihren beiden Knien unter ihrem Körper in eine Dreibeinposition, der Hintern war in die Luft gestreckt, während sie ihre Hände weiter hinter ihrem Rücken drehte.

„Du machst es nur noch enger", warnte Seb und suchte nach einem scharfen Gegenstand. Zu dumm, dass er ein ordentliches, strenges Regiment führte – es gab nichts, was lose herumlag. Zumindest nicht aus seiner Perspektive auf dem Boden.

„Wir haben nicht viel Zeit." Julie stöhnte, als sie sich auf die Knie zwang.

Seb gefiel nicht, wie das klang. Aber Tobin kam ihm mit seiner Frage zuvor: „Was meinst du mit ‚nicht viel Zeit'?"

Sie hievte sich auf die Beine und schwankte eine Minute lang, bevor sie blinzelte und einen Schritt nach hinten machte. Sie bahnte sich einen Weg an Sebs ausgestreckten Gliedern vorbei, dann an Tobin, während die beiden immer noch darum rangen, sich aufzusetzen.

„Sie werden zurückkommen, wenn sie merken… “ Sie verstummte.

„Wenn sie was merken?“, bellte Tobin.

Silberbesteck klapperte, als sie in der Kombüse herumwühlte und fluchte. „Tobin, sag mir, wie nah ich dran bin.“

„Du lenkst vom Thema ab.“

„Ich versuche, etwas zu finden, um uns freizuschneiden.“

Kluges Mädchen. Seb nickte seinem Bruder zu. Julie konnte vielleicht nicht sehen, wonach sie griff, aber Tobin schon. „Komm schon, sag es ihr.“

„Da ist ein Messer zu deiner Linken. Nein, links von mir. Warte, da lang“, begann Tobin. Seb konnte Julies Seufzer der Verzweiflung hören. „Sag mir nur heiß oder kalt.“

„Kalt. Die andere Richtung. Wärmer. Wärmer… “

Seb hob seinen Körper hoch, nur um gegen die Unterseite des Tisches zu knallen, der in der Mitte der Kabine stand. Welch ein Pirat er doch war.

„Wärmer“, fuhr Tobin fort, während das Silberbesteck weiter klapperte. „Heiß! Heiß! Dort!“

„Ich hab es“, sagte sie.

Seb versuchte erneut, aufzustehen, und dieses Mal schaffte er es bis zum Sofa neben dem Tisch. Julie drehte sich in der Zwischenzeit um, wandte sich wieder zurück und schaute dann wieder nach vorn, um einen Weg zu finden, wie sie das Messer zwischen ihre gefesselten Handgelenke bekommen konnte. Sie warf Tobin einen Blick zu und hielt einen Moment inne, um ihre Entscheidung abzuwägen. Sollte sie ihm das Messer reichen und sich von ihm befreien lassen oder vielleicht zuerst seine Fesseln durchtrennen?

Nach einer weiteren Sekunde des Zögerns wandte sie sich stattdessen Seb zu. Sein inneres Publikum jubelte leise.

„Hier, nimm es.“ Sie rutschte hinüber, sodass sie Rücken an Rücken mit ihm stand. „Hast du es?“

Er rappelte sich auf die Füße auf und tastete mit den Fingern herum. Vorbei am Stoff ihrer kakifarbenen, kurzen Hose, vorbei an der leichten Baumwolle ihres T-Shirts – da. Mit den

Fingern tastete er sich zum Messer vor – ein fünfzehn Zentimeter langes Küchenmesser, das dringend einmal geschärft werden musste. Na toll.

„Ich habe es.“

„Tobin, kannst du etwas sehen? Sag ihm, wohin er zielen soll“, sagte Julie.

„Beweg dich ein bisschen“, begann Tobin. „Okay. Ähm, stecke das Messer... Ich meine, stecke es... Ich meine... “

„Tobin!“, riefen sie beide gleichzeitig.

„Ich kann eure Hände kaum sehen“, beschwerte er sich.

„Wie ist das?“ Julie beugte sich vor, sodass er einen freien Blick auf den Raum hinter ihrem Rücken hatte. Seb wusste es, denn die Bewegung presste ihren perfekten Hintern an seinen und sandte eine Reihe völlig unpassender Bilder durch seinen Kopf. Jetzt war wirklich nicht der richtige Zeitpunkt, also zwang er sich, sich auf das Messer zu konzentrieren, das er unbeholfen zwischen seinen Fingern hielt.

Stille. Nichts. Er schaute zu Tobin und stellte fest, dass dieser auf Julies lange, schlanke Beine und ihren perfekten Hintern starrte.

„Tobin!“, bellte er.

„Genau.“ Tobin blinzelte. „Du musst die Spitze näher heranbringen. “

Seb biss die Zähne zusammen. „Näher wohin? Ich will ihr nicht die Pulsadern aufschneiden. “

„Mit diesem Messer?“ Tobin spottete. „Das ist viel zu stumpf. “

„Großartig“, murmelte Julie.

Er versuchte es erneut und seine Finger zitterten entweder vor Taubheit oder vor Angst. Was auch immer.

„Hey“, flüsterte Julie jetzt leiser. „Entspann dich. Ich vertraue dir. “

Es waren nicht nur die Worte. Es war der Tonfall und die Art, wie sie ihren Körper an seinen presste. Julie, die ihm ihr Leben anvertraute.

Als könnte sein Herz noch heftiger schlagen.

„Ja, aber vertraust du ihm?“, scherzte Seb, indem er seinen Ellbogen in die Richtung seines Bruders hob.

Sie neigte den Kopf und sah Seb mit ihren blauen Augen an. „Ob ich ihm vertraue? Größtenteils. Und jetzt an die Arbeit, Kapitän."

Es dauerte drei Minuten – und ein Jahrzehnt seiner Lebenszeit, schätzte Seb – aber er schaffte es. Er schob das Messer hinter den Kabelbinder und sägte, bis er ein hörbares Schnappen vernahm. Er erstarrte und wartete auf ein Rinnsal warmen Blutes, das ihm signalisierte, dass er daneben geschnitten hatte. Aber es gab nur ein glückliches Quietschen und ein Flattern, als Julie die Hände nach oben riss. Sie war frei.

Sie stieß einen langen, dankbaren Atemzug aus. Er wünschte, er könnte ihr Gesicht sehen. Er wünschte, er könnte sie umarmen. Er wünschte...

Ihre Hände lagen bereits auf seinen, die Klinge glitt leicht in Position und erinnerte ihn daran, dass es keine Zeit zum Wünschen gab, sondern nur zum Handeln. Ein weiteres Schnappen und auch seine Hände waren frei. Sein Moment, sich im Kreis zu drehen und sich ihr zuzuwenden.

Aber Julie war schon zu Tobin gesprungen.

„Schneide mich frei, Baby", scherzte sein Bruder. Selbst mit blutigem Gesicht war der Kerl ein Charmeur.

Dann war auch Tobin frei und Julie kletterte die Stufen zum Cockpit hinauf.

„Die Luft ist rein", verkündete sie. Der zweite Teil war leiser: „Vorerst."

Was meinte sie mit, vorerst?

Seb schaute seinen Bruder an und sprach dann die Frage aus, die ihnen beiden durch den Kopf ging. „Julie, was genau ist eigentlich los?"

Kapitel 18

Was war eigentlich los? Julie stützte sich mit den Ellbogen am Rand des Cockpits ab und starrte auf das Meer hinaus. Ein Teil von ihr hielt Ausschau, aber der andere Teil war kurz davor, sich zu übergeben, und das nicht wegen Seekrankheit. Sie war so eine Närrin gewesen.

Darf ich Sie noch um einen Gefallen bitten, bevor Sie gehen, meine Liebe? Der Professor hatte so ehrlich und aufrichtig ausgesehen, als er das sagte.

Sicher. Alles, hatte sie dummerweise geantwortet.

Ich habe ein Geschenk und ein paar Dokumente für ein Waisenhaus in Matigúas, das wir unterstützen. Die Post ist so unzuverlässig, wissen Sie. Und da Sie auf dem Weg dorthin sind...

Er hätte auch sagen können: *Und da Sie so eine vertrauensselige Idiotin sind, schmuggeln Sie das Paket für mich über eine internationale Grenze.*

Sie hatte schon früher angenommen, dass der alte Professor Leeds in irgendwelche Machenschaften verwickelt war. Aber in irgendetwas Kleines, wie fast jeder zweite Mensch in Guatemala. Sein Jeep war zu neu und seine Unterkunft in der Nähe der Ausgrabungsstätte protziger als alle anderen. Das Haus hatte sogar einen Pool, um Himmels willen!

Fahren Sie vorsichtig, meine Liebe.

Sie hätte zwischen den Zeilen lesen sollen: *Passen Sie auf, dass die korrupten Bullen Sie nicht aufspüren und aufs Meer hinausjagen. Denn Sie werden auf sich selbst gestellt sein, meine Liebe.*

Aber sie war nicht allein. Das war das einzig gute an der ganzen Sache. Ein gütiges Schicksal hatte ihr Seb gebracht.

Serendipity. Das Wort flüsterte ihr durch den Kopf.

Seb, der jetzt auf sie zukam und ihr beruhigend über den Rücken strich, obwohl er nach Antworten hätte schreien können.

Gott, was hatte sie getan? Sie hatte sich nicht nur selbst in Schwierigkeiten gebracht, sondern auch noch Seb mit hineingezogen. Er hatte ihr noch mehr Angst eingejagt als dieser Idiot, der ihr an den Hintern gegrapscht hatte. Seb hatte angefangen, sich wie ein Bär zu sträuben, zu knurren und ihm böse Blicke zuzuwerfen, die die Hölle versprachen, würde er sie anfassen.

Hätte er sich auf die Eindringlinge gestürzt, hätten sie ihn erschossen. Seine Heldentat wäre umsonst gewesen. Wenn die Polizei nicht über Funk gerufen worden wäre... Sie zitterte und versuchte, sich ihre eigene Vergewaltigung nicht vorzustellen. Seine Ermordung. Das grausame Ende.

Schritte tönten, als Tobin sich zu ihnen gesellte. Auch er hatte in Gefahr geschwebt und hatte eine Waffe ins Gesicht bekommen. Er hätte ein Auge verlieren können – oder noch Schlimmeres.

„Das ist alles meine Schuld." Sie ließ den Kopf so tief hängen, dass sie ihre eigene Stimme kaum hören konnte.

„Nein, es ist die Schuld meines idiotischen Bruders", sagte Seb. „Er ist derjenige, der allen im Funkbereich unsere Position verkündet hat."

Sie hörte, wie Tobin auf den Platz hinter ihr sank. „Ich weiß." Seine Stimme war distanziert und hohl, so als wäre es nicht das erste Mal, dass die Brüder diese Art Gespräch führten.

Schon witzig, wie sie beide eine Rolle spielten – so perfekt, dass sie bezweifelte, dass sie sich dessen überhaupt bewusst waren. Seb war der verantwortungsbewusste, ältere Bruder, der immer das Richtige tat. Tobin war der unbekümmerte Rebell, der Partylöwe, bei dem man sich darauf verlassen konnte, dass er Fehler machte.

Sie streckte den Rücken durch und setze sich auf, um sie anzusehen. „Nein, es ist meine Schuld." Sie legte einen Finger unter Tobins Kinn und neigte sein blutiges Gesicht nach oben. „Alles meine Schuld."

Gott, sie hasste diese Worte. Sie hatte auch nicht viel Übung damit. Aber es stimmte und sie musste damit leben. „Jemand muss mich auf dem Weg zur *Serendipity* gesehen haben und wie schwer kann es sein, zu erraten, wohin wir gefahren sind?"

Eine Welle klatschte an die Bordwand – eine Erinnerung daran, dass sie weiterfahren mussten, bevor Hernandez entdeckte, was sie getan hatte. „Wie auch immer, ich erkläre es euch, wenn wir losfahren."

„Losfahren? Wohin?"

Sie blickte aufs dunkle Meer hinaus. Im Westen lagen die Lichter des Festlandes. Im Osten der dunkle Fleck, der die kleine Insel markierte. Dahinter das silbrig glänzende, wogende Meer.

Wohin sollten sie fahren?

Es gab eigentlich nur eine Möglichkeit und die führte direkt in Schwierigkeiten.

Kapitel 19

Julie starrte immer noch auf das Festland und ein gequälter Blick huschte über ihr Gesicht, als Seb sie sanft bei den Schultern nahm.

„Julie, rede mit mir. Erkläre es." Er achtete darauf, dass es so rüberkam, wie er es meinte – als Bitte, nicht als Befehl.

„Ja, eine Erklärung wäre gut", fügte Tobin nicht ganz so diplomatisch hinzu.

Seb sah, wie sie ihren Blick seinem Bruder zuwandte und dann zusammenzuckte. „Lass uns dich erst einmal verarzten." Sie zog die Schultern hoch und ließ sie mit einem tiefen Atemzug wieder sinken.

Sie gingen zurück in die Kabine, wo Seb den Erste-Hilfe-Kasten holte, während Julie eine Lampe auf Tobins Wange richtete.

„Scheiße", sagte Seb. Die Wunde seines Bruders war schlimmer, als er gedacht hatte.

Julie tupfte das Blut ab und entdeckte eine drei Zentimeter lange Wunde und eine purpurrote Schwellung von der Größe einer Faust.

„Nicht so schlimm." Tobin winkte träge ab, wie es sein Markenzeichen war.

Aber Seb kaufte ihm das nicht ab, kein bisschen. Tobins Knöchel waren weiß, als er den Kartentisch umklammerte und sein Rücken war untypisch steif. Seb betrachtete seinen Bruder von oben bis unten und fragte sich, wie oft Tobin der Welt dieselbe abweisende Fassade gezeigt hatte, obwohl er innerlich leiden musste. Wieso war ihm das bisher entgangen?

Ach verdammt. Vielleicht war sein kleiner Bruder doch mehr Mann, als die Leute glaubten.

Julie breitete das Erste Hilfe-Material aus und strich Tobin das Haar zurück, um seine Wange zu säubern.

„Autsch", murmelte Tobin.

„Halt still", befahl Julie.

Als Seb Julie die Flasche Antiseptikum reichte, zuckte Tobin zurück. „Scheiße, das wird brennen."

Er gab ein zischendes Geräusch von sich, als Julie es auftupfte, und sie begann so leise zu sprechen, dass Seb ihre ersten Worte fast verpasst hätte.

„Der Leiter der Ausgrabungsstätte von Xtlemacán – Professor Leeds – hat mir ein paar Dokumente gegeben, die ich abliefern soll. Dumm, ich weiß." Ihre Stimme war voller Wut und ohne Selbstmitleid. „Aber nachdem ich verfolgt wurde, dachte ich mir, dass etwas nicht stimmt. Also habe ich in dem Paket nachgesehen."

In der Kabine wurde es still, bis Tobin das Wort ergriff. „Und?"

„In der Kiste war noch eine Schachtel."

„Und was war da drin?"

„Ich weiß es nicht." Sie löste eine selbstklebende Wundauflage und drückte sie über Tobins Wunde. „Ich meine, ich weiß es, aber ich weiß nicht, wofür es ist."

„Wofür was ist?", murmelte Tobin aus dem Mundwinkel.

„Und wieso die Eile, von hier wegzukommen? Sie haben doch jetzt, was sie wollen." Seb winkte mit der Hand nach Westen, wo das Motorboot hin verschwunden war.

„Nein, haben sie nicht." Sie klebte noch weitere Wundauflagen auf, lehnte sich zurück, um ihr Werk zu begutachten, und nickte leicht.

„Julie!" Tobin zwang sie, seinem Blick zu begegnen. „Erkläre es."

Sie biss sich auf die Lippe und begann, auf den Boden zu starren. „Ich habe die innere Kiste herausgenommen und die äußere mit demselben Gewicht gefüllt." Mit einem reumütigen Gesichtsausdruck schaute sie auf. „Ich schulde dir jetzt ein paar Taschenbücher."

Deshalb hatte sie vor dem Abendessen so lange gebraucht. Dann schoss Seb eine Erkenntnis durch den Kopf.

„Nicht die Patrick O'Brians!"

Sie warf ihm einen Blick zu, der sagte: *Machst du Witze?*
„Nein, ich habe diese schmuddeligen Abenteuerbücher genommen."

Tobin jammerte. „Nicht meine Karibik-Piraten-Reihe!"

Sie nickte schwach. „Entschuldigung."

Tobin eilte sofort in die vordere Kabine und kam dann zurück, wobei er regelrecht verzweifelt aussah. „Da war ein Foto in einem dieser Bücher..."

„Ich habe die Zettel und Lesezeichen herausgenommen und sie hinter das Regal geschoben." Julie verschwand in der vorderen Koje und kam wieder heraus. „Die hier?"

Tobin schnappte sich die Papiere und drückte sie an seine Brust, aber nicht bevor Seb einen Blick auf das oberste Blatt werfen konnte – er musste zweimal hinsehen.

„Wow. Du hast immer noch ein Foto von Cara? Das ist doch schon fünf Jahre her!"

Tobin drehte seinen Körper weg, um das Foto zu verdecken. „Sechs", murmelte er und schlich nach vorn, um das Bild zu verstecken.

Sein Bruder trauerte immer noch Cara nach? Seb dachte, Tobin sei schon längst über das Fiasko seiner Beinahe-Hochzeit hinweggekommen. Aber der Art nach zu urteilen, wie Tobin das Foto jetzt ansah – wie er es in beiden Händen hielt, als wäre es sein wertvollster Besitz... Vielleicht doch nicht. Wenn man bedachte, wie sehr es wehgetan hatte, Julie für zwei Monate verloren zu haben... Seb wollte gar nicht daran denken, wie sich sechs Jahre anfühlen mussten.

Aber jetzt war wohl kaum die Zeit für all das. Er wippte auf den Fersen und versuchte, Julies Geschichte zusammenzupuzzeln. „Diese Typen haben also einige Taschenbücher und wir haben ... was?"

„Wo?", fügte Tobin hinzu.

Julies Blick huschte zum Badezimmerschrank zwischen der Hauptkabine und der Vorschiffskoje.

„Dort drunter."

Seb war sofort auf den Knien und zog Angelzeug und Ersatzteile heraus.

„Ich habe es unter den Abfluss des Waschbeckens gesteckt“, flüsterte sie.

Er tastete herum, bis seine Hände eine eckige Kante zwischen den gebogenen Rohren fand. Dann zog er die Schachtel aus dem engen Raum und lehnte sich starrend zurück. Eine Marlboro-Packung, die an den Rändern ausgefranst war. Er drehte sie um und schüttelte sie. Was auch immer sie enthielt, es war solide, so wie es sich anfühlte. Nicht zu schwer und nicht zu leicht.

„Also was ist da drin?“

„Sieh es dir an“, seufzte Julie.

Seb brachte das Päckchen zum Salontisch und starrte eine Minute lang auf die Klappe. Wer verstaute Dokumente in einer Marlboro-Schachtel? Wer lieferte auf diese Weise Dinge an Klöster?

„Mach sie schon auf“, drängte Tobin.

Seb zog die Verschlussklappe auf, neigte die Schachtel und schüttelte sie ein wenig, so dass das erste Bündel Papier herausrutschte.

Eine Minute lang war lediglich ein kollektives Schnappen nach Luft zu hören und das entfernte Rauschen der Wellen am Strand. Dann stieß Tobin einen langen, anerkennenden Pfiff aus.

Seb lehnte sich zurück.

Julie atmete so tief ein, dass der Luftdruck in der Kabine sank. „Da ist noch mehr drin.“

Er schüttelte die Schachtel erneut, während sich seine Gedanken überschlugen. „Wie viel mehr?“, fragte er, als die nächste Ladung Geldscheine herauspurzelte.

„Oh“, sagte sie, „etwa einhunderttausend Dollar mehr.“

Kapitel 20

Seb war auf seiner Reise von den USA in die Karibik schon ein paarmal in der Nacht gesegelt, aber das war auf dem offenen Meer gewesen. Nachts durch Riffe zu navigieren, widersprach dem gesunden Menschenverstand eines jeden Seemanns. Er spürte förmlich, wie sein Großvater ihm über die Schulter schaute, als er den Motor startete und den Anker lichtete. Eine Hand nach der anderen zog er die Kette hoch. Jedes Kettenglied eine düstere Erinnerung daran, warum dies eine schlechte Idee war.

Aber zu bleiben war auch eine schlechte Idee. Sie hatten die Optionen durchgesprochen und Julies Plan widerwillig zugestimmt. Es gab keinen besseren Weg.

Er zog eine Armlänge Ankerkette hoch und entschied, dass sie verrückt war. Bei der nächsten Länge dachte er wieder, sie sei brillant. Oder vielleicht auch nur eine Kombination aus beidem. Seine Gedanken schwankten auf diese Weise noch weitere fünfzehn Meter Kette.

„Anker oben!", rief er Tobin zu, der am Steuer saß.

Julie war unten und beobachtete das GPS. Sie rief Anweisungen hinauf, während sie ihren genauen Kurs verfolgten – sehr, sehr langsam. Seb blieb als Ausguck am Bug stehen, obwohl die einzigen Riffe, die er im Mondlicht ausmachen konnte, dumpfe Schatten waren. Sie wurden erst deutlich, wenn es bereits zu spät wäre, eine Warnung zu geben. Bis jetzt hatten sie Glück gehabt.

Bis jetzt.

Seine Gedanken kreisten noch einmal um die Möglichkeiten.

Sie konnten nicht zur Polizei gehen, denn die Männer, die vor weniger als einer Stunde eine Waffe auf sie gerichtet hatten, waren Polizisten. Korrupte Polizisten, so wie es aussah.

Sie konnten das Geld nicht loswerden oder es einfach behalten, wie Tobin vorgeschlagen hatte. Schmutziges Geld war schmutziges Geld, ob es nun aus dem illegalen Verkauf von Artefakten oder von Drogen stammte – und weder seine Entsorgung noch eine Flucht würde ihnen die korrupten Polizisten vom Hals schaffen. Und dann gab es außerdem auch noch die Quelle: Wenn Professor Leeds herausfand, dass sein Paket nie angekommen war, würde er ebenfalls hinter der *Serendipity* her sein.

„Aber ein Boot ist ein Boot", sagte Seb. „Wir könnten jederzeit nach Mexiko oder Honduras abhauen."

„Ja", sagte Tobin skeptisch. „All diese überhaupt nicht korrupten Orte. Wir können auch Panama auf die Liste setzen. Vielleicht auch nach Kolumbien gehen."

Guter Punkt. Und außerdem würden sie das Motorboot niemals abhängen können, wenn es die Verfolgung aufnehmen sollte.

Auch Julies ursprünglichen Vorschlag konnten sie nicht annehmen: da es ihre Schuld war und sie eine solche Idiotin gewesen war – ihre Worte – sollten sie sie am nächsten Hafen absetzen und sie allein damit fertigwerden lassen.

Als ob. Als würde er so etwas jemals zulassen. Zum Teufel, er hatte die Frau zu Beginn dieser verrückten Nacht an einen Baum gepresst. Und das geheime Versprechen, dass er ihr dabei gegeben hatte – dass er alles tun würde, um sie zu überzeugen, ihm noch eine Chance zu geben –, würde er niemals brechen.

Also mussten sie das Geld auf eine Weise loswerden, die ihnen die Bullen vom Hals hielt. Aber wie?

Die *Serendipity* tauchte aus dem Windschatten der Insel ins offene Meer. Es war eine relativ ruhige Nacht mit einer stetigen Passatwindbrise. Zumindest kam ihnen das für ihr Vorhaben entgegen.

Sie würden jedes Glück brauchen, das sie kriegen konnten, denn die schwierigste Option war die, auf die sie jetzt wie drei blinde Hühner zusteuerten.

Kapitel 21

Julie behielt das GPS im Auge und hielt sich mit den Händen an den Seiten des Kartentisches fest. All diese Riffe und eine sehr dünne, gewundene Linie, der man dazwischen folgen musste – und das in der Nacht. Und die *Serendipity* hatte nicht gerade Scheinwerfer. Alles, was sie hatten, war das Licht des Mondes. Seb hatte sogar das Licht auf dem Mast ausgeschaltet und den Radarreflektor abgenommen, um es Hernandez und seinen Männern zu erschweren, die *Serendipity* zu finden, wenn sie merkten, dass sie getäuscht worden waren. Was wahrscheinlich nicht lange dauern würde.

Ihretwegen lag auf der Elektronikkonsole vor ihr ein kaputtes Funkgerät. Tobin, der am Steuer des Bootes saß, hatte eine zerschlagene Wange, ebenfalls ihretwegen. Und Seb, der am Bug Ausschau hielt, hatte ein Feuer in den Augen, dessen Intensität sie erschreckte.

Und was sie selbst anging, nun, sie hatte ein kaputtes Ego. Sie hatte es vermasselt – nein, riesige Scheiße gebaut – und zwar gewaltig. Sie hatte das alles verursacht.

„Ein bisschen weiter nach rechts", rief sie durch die Kabinentür.

„Steuerbord", rief Tobin leise zurück. Seine Stimme klang sanft und geduldig. Davon ließ sie nur noch mehr den Kopf hängen. Sie hatte Sebs jüngeren Bruder nie ernst genommen, aber Tobin hatte das Herz eines Soldaten und den Mut eines Löwen. Er hatte überhaupt keinen Grund, ihr zu helfen – und doch hatte er sich, ohne zu zögern, auf ihre Seite gestellt.

Gott hatte sie mit diesen beiden ein Glück. Besonders mit Seb. Wie hatte sie jemals an ihm zweifeln können?

Nun, sie würde ihren Kopf später in den Sand stecken – falls Hernandez und seine Männer das nicht für sie taten. Im Moment musste sie sich darauf konzentrieren, dieses Boot durch die Riffe zu steuern und dann zum Kloster zu gelangen. Was wahrscheinlich so sicher sein würde, wie ein Boot nachts durch ein Gewirr von Riffen zu lenken. Aber sie war sich sicher, dass dies der einzige Weg war. Professor Leeds wollte, dass das Paket an das Kloster in Matigúas geliefert wurde? Sie würde es dorthin bringen.

„Die Frage ist doch, ob die Nonnen wirklich Nonnen sind?" Seb hatte ein gutes Argument vorgebracht, als sie darüber diskutierten.

„Auf dem Paket stand ein Name", sagte sie. „Der Name eines Mannes. Roberto irgendwas. Also nehme ich an, dass die Nonnen echt sind."

Je mehr sie darüber nachdachte, desto mehr kam sie zu dem Schluss, dass das Kloster und das Waisenhaus wirklich rechtmäßig waren. Professor Leeds hatte überall im Ausgrabungsbüro Bilder davon hängen – viele Aufnahmen von glücklichen Kindern, die der Kamera die Daumen nach oben zeigen. Sogar Ausschnitte aus Zeitungsartikeln. Wenn Leeds das Kloster benutzte, war es nur eine Fassade.

„Warum sollte ein Archäologe einem Kloster Geld schicken?", hatte Seb gefragt.

Sie zuckte mit den Schultern. „Ich wette, er verkauft illegal Artefakte in Guatemala und wäscht das Geld dann über Belize. Ein Teil davon geht wahrscheinlich an die Nonnen und die Kinder. Aber der Rest geht wahrscheinlich auf ein Privatkonto. Und dieser Roberto ist wohl Leeds Insider."

„Ein Mann in einem Kloster?"

„Vielleicht ein Gärtner", riet sie. „Der Rektor? Wer weiß? Jemand, der Leeds Zahlungen abwickelt, ohne Aufmerksamkeit auf sich zu lenken."

„Hoffen wir, dass Roberto nicht der Typ ist, der Leichen im Hof vergräbt" hatte Tobin dann gemurmelt.

Am Ende beschlossen sie, dass es keine Rolle spielte … keine große. Wenn es ihnen gelang, das Geld zu den Nonnen zu bringen, hätten sie es nicht länger in der Hand. Es gäbe keine Beweise für ein Fehlverhalten ihrerseits und Professor Leeds, der wahrscheinlich seine eigene Bande von Schlägern hatte, könnte Julie nicht dafür bestrafen, dass sie sein Paket wie gewünscht geliefert hatte. Nicht wahr?

„Es sei denn, das Kloster entpuppt sich als Drogenküche", meinte Seb. „Dann sind wir völlig aufgeschmissen."

Stimmt. Der ganze Plan war ein Schuss ins Blaue. Julie kaute auf ihrer Lippe und zupfte an ihrem T-Shirt, während sie weiter angestrengt auf den GPS-Bildschirm starrte. Kein Grund, vorschnell zu handeln. Im Moment zählte nur, dass sie wieder zum Festland gelangten.

„Ein Stückchen weiter nach lin– backbord", rief sie.

„Eine geborene Seglerin", gluckste Tobin.

Humor in der Schusslinie – der Mann hatte Nerven.

Sie sah sich die Entfernung zum Festland auf der Karte an. Dreißig Kilometer. Das schien nicht viel zu sein, aber Seb sagte, dass es etwa vier Stunden dauern würde.

„Es sei denn, die Gezeiten stellen sich gegen uns", murmelte Tobin.

Richtig, Ebbe und Flut. Sie blickte unsicher auf die Navigationsinstrumente. Was für eine Piratin sie doch wäre.

Seb hingegen gab einen verdammt guten Seeräuber ab. Zerzaustes Haar, trotziges Kinn, dunkle Augen. Als er ein paarmal in die Kabine kam, um die Instrumente zu prüfen, hätte er ein Messer zwischen den Zähnen tragen können und *Arr, arr!* sagen können. Als er mit Tobin am Steuer sprach, waren seine Kommandos kurz und selbstbewusst, als hätte er diese Gewässer schon sein ganzes Leben lang befahren.

Und diese zweite Chance, von der er gesprochen hatte... Nun, sie wollte sie auch. Wenn sie jemals aus diesem Schlamassel herauskamen.

Am Ende dauerte es fünf Stunden und ihre Augen waren trocken und verquollen, als sie in einer abgelegenen Bucht nicht weit südlich von Santa Marta vor Anker gingen. Dieses Plätzchen war nicht einmal auf der Karte verzeichnet, sondern nur als Skizze auf der Rückseite eines Bierdeckels, den ein anderer Segler Seb vor einiger Zeit gegeben hatte. Seb hatte eine ganze Sammlung davon – Navigationsbierdeckel, wie er sie mit einem kleinen Grinsen nannte.

Als Julie schließlich den Kartentisch verließ, um an Deck zu gehen, war der Himmel in Streifen von Rosa, Orange und Rot gefärbt.

„Wow", hauchte sie. Der Sonnenaufgang über dem Meer war von einem Boot aus gesehen noch viel schöner. Und das Wasser rund um die *Serendipity* färbte sich golden.

Es wäre ein Kodak-Moment gewesen, wenn sie nicht so viel um die Ohren gehabt hätte. Dann legte sich plötzlich ein Arm um ihre Taille und Seb war da und lehnte seinen Kopf an ihren. Der nahe Dschungel war von Vogelgeschrei und Pfiffen erfüllt und der Mond hing knapp darüber, als hätte er nur darauf gewartet, ihr zum Abschied zu winken.

Sie seufzte und Seb tat es ebenfalls. Wenn sie sich doch nur unter einer Decke verstecken und der Welt entfliehen könnten. Aber die Sonne ging auf. Es war an der Zeit, sich auf den Weg zu machen.

„Okay, Indiana Jones. Zeig uns den Weg." Tobin gestikulierte, als sie das Schlauchboot an Land gezogen hatten und vor einer dichten Wand aus Dschungel standen. Julie schaute erst nach links, dann nach rechts. Die Küstenstraße war nicht weit landeinwärts, aber dorthinzugelangen... Sie griff über ihre Schulter und zog ihre Machete aus dem Rucksackgurt, bevor sie Seb noch einen Blick zu warf. Er blickte zurück auf die *Serendipity*, die ruhig in der Bucht vor Anker lag und deren Spiegelbild sich leicht im ruhigen Wasser abzeichnete. Dann begegnete er ihrem Blick und sie konnte es sehen: Eine Vision von ihnen beiden auf diesem Boot in einer anderen Bucht an einem anderen Tag. Mit ganz viel Gelassenheit und ohne Unruhe.

Sie holte tief Luft und zwang ihre wackligen Knie zur Ruhe. Erst die Mission. Die Zukunft kommt später.

Zack! Sie schlug die Machete durch das knorrige Gestrüpp. *Zisch!* Ein Bündel Ranken fiel. *Wusch!* Blätter in der Größe von Regenschirmen flatterten zu ihren Füßen. In ein paar Tagen würde Mutter Natur ihr Werk tun und die Lücke schließen, als wäre sie nie da gewesen.

Krach! Schritt für Schritt führte sie ihre kleine Gruppe vorwärts. Und obwohl ihr der Schweiß in Strömen hinunterlief und der Arm schmerzte, als sie auf die Straße traten, fühlte es sich gut an, etwas anderes zu tun, als wegzulaufen.

„Und was jetzt?" Seb schaute die leere Straße hinauf.

Sie wischte sich mit dem Ärmel ihres T-Shirts über das Gesicht. „Wir nehmen den ersten Bus, der vorbeikommt, holen mein Motorrad und rasen zum Kloster." Sie tätschelte die Beule in ihrem Rucksack und fühlte das Paket, das sie unbedingt loswerden wollten.

„Ganz einfach", schloss sie und hoffte, dass sie recht behielt.

Kapitel 22

Eine Stunde später donnerte Julie auf ihrem Motorrad die Straße hinunter. Der Straßenstaub klebte an ihrer verschwitzten Haut. Der Busfahrer hatte ihr die Wegbeschreibung zum Kloster gegeben, dreißig Kilometer in die Berge, bevor er sie ein paar Häuserblocks entfernt von dem Ort abgesetzt hatte, an dem sie und Seb vor einer gefühlten Ewigkeit ihr Motorrad versteckt hatten.

Alles war eilig gewesen, außer dem Moment, in dem sie auf das Motorrad stiegen. Denn der Ort, an dem sie es versteckt hatten – im Gebüsch neben dem Strandbungalow, in dem sie übernachtet hatte, als sie Seb kennenlernte –, war voller Erinnerungen. Sie hätte den ganzen Tag lang dort stehen und alles noch einmal erleben können: das Lachen, die Gespräche bis spät in die Nacht, der Sex am frühen Morgen und ... so ziemlich alles dazwischen. Es war schon erstaunlich, wie zwei Menschen zur richtigen Zeit und am richtigen Ort kopfüber in die Liebe taumeln konnten. Damals hatte sie sich nicht getraut, das Wort zu benutzen, aber mit jeder Minute, die sie mit Seb verbrachte, lag es ihr immer öfter auf der Zungenspitze.

Jede Minute und jeder Kilometer. Denn sie hatten schon verdammt viele zurückgelegt – zu Fuß, auf der Straße und mit dem Boot. Verdammt, welch ein Abenteuer.

Als sie auf das Motorrad stieg und Seb sich hinter ihr in Position brachte, war das L-Wort näher denn je. Die Unebenheiten der Straße rüttelten es fast aus ihr heraus, ebenso wie die Schönheit der Morgensonne, die schräg über die Felder und die löchrigen Wälder entlang des Weges schimmerte. Es war ein ziemlicher Kontrast zu einer Nacht, in der sie auf der *Serendipity* anmutig über die Wellen des Ozeans geplätschert waren.

Und ein ziemlicher Kontrast zu ihrer üblichen Art zu reisen –
allein.

Sebs Arme waren so weit um sie geschlungen, dass sie
sich vor ihrer Taille kreuzten. Er hielt sie nicht nur fest. Er
beschützte sie, gab Versprechen. Wäre der Motor der Kawasaki nicht so laut gewesen, hätte sie es vielleicht sogar gesagt.

Ich liebe dich.

Sie holte tief Luft und ließ ihre Rippen unter seiner
Berührung aufblähen. Es waren nur sie beide, denn sie hatten Tobin in der Stadt zurückgelassen. Wenn alles glattging,
würden sie sich später in der Strandbar wiedertreffen. Was eine
große Annahme war... Aber wenn alles klappte, hätte sie Seb
verdammt viel zu sagen. Angefangen mit diesen drei Worten
und mit: *Ich möchte auch eine Chance mit dir.*

Der Hügel wurde steiler und der Lkw vor ihnen langsamer,
also warf sie einen Blick auf das verdreifachte Bild im zerbro-
chenen Seitenspiegel.

Die Straße war frei. Sie überholte den Lastwagen und wechselte dann wieder in die rechte Spur. Ein roter Wagen hinter ihnen tat das Gleiche und dann noch einmal, als sie beide ein kleines mit Benzinkanistern vollgestopftes Lastendrei-
rad überholten. Als das rote Auto beschleunigte, um auch den
nächsten Wagen zu überholen, schaute Julie genauer hin. Und
als es gleichzeitig mit ihr in die scharfe Rechtskurve zum Kloster einbog, murmelte sie laut.

„Scheiße.“

Es war unmöglich, das Gesicht des Fahrers zu erkennen, da
Schatten über die Straße huschten. Aber die Farbe des Num-
mernschildes war deutlich genug. Nicht das Schwarz auf Weiß
von Belize, sondern das helle Blau auf Weiß eines guatemalte-
kischen Kennzeichens.

Scheiße, scheiße, scheiße.

Sie drehte den Motor so hoch, dass Seb fast hinten hinun-
terrutschte.

„Was?“, rief er über das Motorengeräusch hinweg.

Sie neigte ihr Kinn in die Richtung des Rückspiegels. „Leeds
oder einer seiner Männer.“

Sie spürte, wie sich das Gewicht verlagerte, als er sich umdrehte, um nach hinten zu schauen.

„Die Bullen auch!", rief er.

Was? Sie schaute erneut in den Spiegel und fluchte. In der Ferne waren ein paar Jeeps zu erkennen, in dreifacher Ausführung. Und alle kamen näher.

„Schneller!", drängte Seb und sie drehte das Gas auf.

Das Kloster war ein weißer Fleck am Ende eines langen grünen Tunnels mit prächtigen Banyan-Bäumen. Ein Anblick, den zu bewundern, sie angehalten hätte, hätte sie dazu die Zeit gehabt. Stattdessen wich sie einer herunterhängenden Ranke aus und fuhr weiter, wobei sie die Straße genau im Auge behielt, die sich vor ihr verengte.

Eine Minute später verstand sie, warum. Ein Bach und eine winzige einspurige Brücke bildeten ein Nadelöhr vor ihr.

„Was jetzt?", fragte Seb, als sie langsamer wurde.

Sie zeigte auf etwas. „Es wird noch schlimmer." Zu seiner Ehre sei gesagt, dass Seb nicht das Offensichtliche fragte: *Wie kann es noch schlimmer werden?*

„Sie reparieren die Brücke", schloss sie.

Selbst aus der Ferne konnte sie erkennen, dass die Oberfläche der Brücke mit Stapeln von Pflastersteinen übersät war, die darauf warteten, verlegt zu werden. Ein Mann ging von einer Seite auf die Brücke zu und führte ein Maultier, das mit Bambus beladen war. Ein halbes Dutzend weiterer Männer stand, kniete oder hämmerte auf der Brücke. Ein Schild mit einem krummen Pfeil wies nach links.

„Was bedeutet *Desvio*?", rief Seb ihr ins Ohr.

„Umleitung."

Er fluchte. „Als ob wir Zeit für einen Umweg hätten."

Ganz sicher nicht. Aber vielleicht...

„Festhalten", rief sie Seb zu.

Sechs Gesichter blickten von der Brücke auf und sie rief auch ihnen zu: „Passt auf!"

„Juli–" begann Seb, als einer der Männer mit den Armen winkte, um Julie zu verscheuchen.

Sie hupte. Keine Zeit für eine Umleitung.

„Oha!" Seb jaulte und hielt sich fester.

Sie wurde gerade so weit langsamer, dass sie dem Umleitungsschild ausweichen konnte. Dann beschleunigte sie auf den Bogen der Brücke. Es war ein schöner, gepflasterter Rundbogen, der wie das Kloster noch aus der Kolonialzeit stammen musste.

Die Fahrzeuge, die sie verfolgten, hupten. Rufe ertönten und das Maultier brüllte.

„Aufpassen!", rief sie, nicht bereit, den Lenker loszulassen. „Geht aus dem Weg!"

Körper sprangen aus dem Weg, als sie um einen Steinhaufen und einen Arbeiter mit offenem Mund herumschlitterte. Hätte Seb nicht seinen Fuß zum Ausgleich ausgestreckt, wären sie vielleicht umgekippt, als sie von einem klaffenden Loch weglenkte, das wie aus dem Nichts auftauchte. *Rumpel, rumpel, rumpel* – das Motorrad donnerte über den steinigen Weg. Hinter ihnen ertönte das Quietschen von Bremsen. Die Autos hielten an, unfähig, die Brücke zu überqueren.

„Los! Los!", rief Seb, als sie mit dem Motorrad auf der anderen Seite der Brücke hinunterrollten und zurück auf die Straße fuhren.

Hinter ihnen wurde weiter gehupt und geflucht, aber wenigstens gab es keine Schüsse.

Noch nicht.

Julie stieß einen Seufzer der Erleichterung aus, dass die unbefestigte Straße relativ glatt war – glatt genug, dass sie in den Rückspiegel schauen und Professor Leeds hinter der Brücke gestikulieren sehen konnte. Offenbar hatte er die Nachricht bekommen, dass seine Zweihunderttausend-Dollar-Lieferung nicht rechtzeitig am Ziel angekommen war.

„Was glaubst du, wie weit die Umleitung sein wird?", rief Seb.

Weit genug, betete sie.

Sie richtete ihre gesamte Aufmerksamkeit auf das weiß getünchte Kloster vor ihr, einem imposanten Gebäude aus der Kolonialzeit, das ebenso anmutig wie heruntergekommen war. Der Putz blätterte von den Wänden und für jeden Dachziegel, der an seinem Platz lag, fehlten drei andere oder waren schief. Das Gebäude hatte aber auch etwas Stolzes an sich, wie eine alternde Diva, die wusste, welch eine Schönheit sie einst gewesen war.

Julie raste direkt auf den Eingang zu und starrte auf den großen Torbogen mit dem Glockenturm und einem Kreuz. Sie und Seb brauchten jede Sekunde Vorsprung, die sie hatten, aber es fühlte sich nicht richtig an, mit voller Geschwindigkeit auf den Hof zu brettern. Also nahm sie das Gas zurück und ließ das Motorrad langsam heranrollen.

Sonne – Schatten – Sonne. Das Licht flackerte, als sie unter dem Torbogen hindurchfuhren und dann im Innenhof zum Stehen kamen.

„Wow", murmelte Seb.

Wow stimmte. Es war der typische Innenhof eines Klosters, in dem gepflegte Blumenbeete von einem sprudelnden Steinbrunnen in der Mitte ausstrahlten. Ein Dutzend Köpfe drehte sich in ihre Richtung wie kleine weiße Punkte die zwischen den Blumen auftauchten, die den zentralen Garten schmücken. Die Nonnen waren in ihrem Garten Eden bei der Arbeit – oder sie waren es zumindest, bis sie mit dem Motorrad hereingerauscht war.

Julie schluckte. Als sie den Motor abstellte, herrschte Stille, dann ertönte plötzlich Vogelgesang. Die Nonnen aber starrten nur. Hätte sie sich in diesem Moment in Luft auflösen können, hätte sie es getan, denn sie und Seb waren diejenigen, die den Frieden störten.

Als Seb vom Motorradsitz rutschte, folgte sie ihm und ließ ihren Helm am Lenker des Motorrads hängen. „Was jetzt?", flüsterte Seb.

Mit einem lauten Knall fiel der Helm hinunter und die Nonne, die auf sie zukam, schaute finster drein.

„Jetzt finden wir die Ober, ähm, Nonne. Schwester. Mutter. Wie auch immer man sie nennt." Julie trat vor und versuchte, das Pochen ihres Herzens zu beruhigen. „*Buenos Días*", verkündete sie laut und versuchte, ein Lächeln auf ihr Gesicht zu zaubern.

Kapitel 23

Seb schaute nur zu, als Julie die Nonne auf Spanisch ansprach. Sein Rücken war von der wilden Fahrt noch immer gekrümmt, sein Arsch brannte von den Erschütterungen durch die Bodenwellen und seine Eier, nun ja... Er verdrängte den Gedanken. Sie waren schließlich in einem Kloster.

Er spürte es auch, denn die Nonnen betrachteten Julie wie eine Kuriosität aus der modernen Welt, von der sie sich abgekapselt hatten. Schlimmer noch, die Blicke, die sie ihm zu warfen, waren abweisend, ja sogar feindselig. Er war hier ganz sicher nicht willkommen.

Aber Julie zeigte diese ernste Körpersprache, die sie immer an den Tag legte, wenn ihr etwas wirklich sehr leidtat. So wie sie mit den Händen gestikulierte und hundert spanische Wörter pro Minute von sich gab, hätte er sie für eine Einheimische gehalten, wäre da nicht ihr heller Teint und ihr sandfarbenes Haar gewesen.

Die Nonne blickte misstrauisch von Julie zu ihm und es gab einen stillen Moment der Wahrheit. Eine Sekunde verging, dann noch eine, und in jeder davon floss ihm der Schweiß langsam den Rücken hinunter.

„*Bueno.*" Die Nonne nickte schließlich und führte sie zu einem der Torbögen, die den Innenhof umgaben. Julie folgte so dicht, dass sie fast auf den Ordenskittel der Frau trat. Seb legte ihr eine Hand auf die Schulter. Wenn er eines über Mittelamerika gelernt hatte, dann, dass man niemanden zur Eile zwingen konnte.

Nicht einmal, wenn einem eine Bande von Bösewichten auf den Fersen ist? fragten Julies Augen.

Er schwankte eine Sekunde lang. Diese Augen waren so schön, hoffnungsvoll und ehrlich. Er könnte für den Rest seines Lebens jeden Tag zu diesen Augen aufwachen, wenn das hier irgendwie gelingen würde.

Wenn.

Als sie in den Schatten des Durchgangs bogen, sank die Temperatur spürbar um fünf Grad. Das ferne Dröhnen der Motoren verstummte, als sie durch eine Tür eintraten und ins Gebäude gingen.

Über die Schwelle zu treten war wie das Durchschreiten eines Zeitportals ins siebzehnte Jahrhundert. Ihre Schuhe schrammten über den Steinboden. Die Schritte tönten durch gedämpfte Hallen, in denen Licht und Schatten Verstecken spielten. Die Geschichte hing so dick in der Luft, dass es sich wie ein schwerer Wandteppich anfühlte. Seb konnte sofort spüren, dass dies ein Ort der Zuflucht war. Ein beschaulicher Ort, an dem ein Mann nachdenken konnte.

Zum Beispiel darüber, wie wahrscheinlich es war, dass sein Arsch am Ende des Tages in einem mittelamerikanischen Gefängnis landen würde. Er konnte sich schon vorstellen, wie seine Mutter mit den Händen rang und sich fragte, was ihr Sohn falsch gemacht hatte.

„Por aquí." Die Nonne führte sie eine breite Holztreppe hinauf, die von dicken Balken getragen wurde.

Der ganze Ort verströmte Geschichte und Tradition. Vielleicht sogar auch ein paar Geister, die in den Schatten herumschlichen. Dann kamen sie oben an und sie klopfte eindringlich an eine Tür.

„Hermana Christina?"

Ihr keuchender Atem war das Lauteste, was im Flur zu hören war, während sie auf eine Antwort warteten. Dann hob die Nonne einen Finger und verschwand hinein.

Seb schaute Julie an, die ihn anschaute. Er wusste, dass ihr cooles Äußeres genauso gespielt und aufgesetzt war wie seins. Er schenkte ihr ein schwaches Lächeln und hob eine Hand an ihre Wange. Er hatte so vieles zu sagen und keine Zeit dafür.

Sie strahlte ihn mit den Augen an. *Ich weiß, was du meinst.*

Als die Tür sich knarrend öffnete, riss er die Hand weg.

„Kommen Sie herein“, sagte eine heisere, amerikanische Stimme, die er nie mit einer Nonne in Verbindung gebracht hätte. Die erste Frau verließ sie ohne ein Wort und ging lautlos die Treppe hinunter.

„Ähm, hallo?“ Julie ging zuerst hinein.

Alles in dem Raum war so, wie Seb sich das Hauptbüro eines Klosters vorgestellt hätte: schwere Vorhänge, ein überdimensionales Kruzifix, nach Vanille duftende Kerzen. Alles, bis auf die Frau, die sich von einem knarrenden Stuhl erhob.

„Kommen Sie. Setzen Sie sich. Erklären Sie.“ Sie gestikulierte und sprach gleichzeitig. Hätte sie einen Kaugummi gekaut, wäre sie das Ebenbild einer kräftigen Kellnerin aus Brooklyn gewesen – die Art, mit der sich niemand anzulegen wagte.

„Ich bin hier die Leiterin, Schwester Christine. Und wer sind Sie?“ Sie verschränkte die Arme über ihrem Ordenskittel. Seb hätte sie sich als Lastwagenfahrerin vorstellen können, als eine Schuldirektorin in der Innenstadt oder als die Köchin in einem gut besuchten Diner. Alles, nur nicht als Nonne.

„Ich bin Julie und das ist Seb, und wir sind hier... Ich meine, ähm... “

Die Nonne hatte wohl beschlossen, dass sie Julie mochte, denn sie lächelte und reichte ihr die Hand. „Fangen wir noch einmal an. Ich bin Christine Kelly aus New York. Zumindest war ich das einmal. Vor dreißig Jahren kam ich hierher, weil die große Stadt für ein Mädchen wie mich nicht groß genug war.“ Sie zwinkerte.

„Ich freue mich, Sie kennenzulernen“, begann Julie. „Aber es tut mir leid. Ich meine, wir stecken in Schwierigkeiten und ich wollte Sie nicht damit belasten... “

„Aber?“ Die Nonne zog eine Augenbraue hoch.

Julie schaute ihn hilfesuchend an, aber er konnte es auch nicht besser erklären als sie. „Es ist irgendwie außer Kontrolle geraten.“

Als würde es ihren Standpunkt verdeutlichen, quietschten draußen Bremsen, gefolgt vom Zuschlagen von Autotüren. Eine Schar wütender Männerstimmen drang durch das Fenster nach oben.

Schwester Christines Augen wanderten zum Fenster und dann wieder zu Julie. Seb kam sich vor wie ein Nebendarsteller auf einer von Frauen beherrschten Bühne.

„Das Leben hat so seine Art, so etwas zu tun", sagte die Nonne, die immer noch Julies Gesicht musterte, als könnte sie die Wahrheit erkennen, wenn sie nur lange und genau genug hinsah. „Was genau führt Sie hierher?"

„Nun... ", begann Julie und kramte in ihrem Rucksack. Seb merkte, dass sie versuchte, einen kühlen Kopf zu bewahren, auch wenn ihre Hand hektisch suchte. „Ich habe in Guatemala mit Professor Leeds zusammengearbeitet und er hat mir das hier gegeben, damit ich es hier abliefere."

Seb bewunderte die Art, wie sie es formulierte. *Hier abliefern.* Kein Wort von Roberto, dem Mann, an den das Paket adressiert war.

„Gregory Leeds?" Christine hob eine misstrauische Augenbraue.

Die Stimmen kamen jetzt näher und eilten durch den Flur im Erdgeschoss. Seb konnte das Stapfen von Stiefeln über Stein hören, als sie sich näherten.

Christine warf einen Blick zur Tür und dann wieder zu Julie. „Ich schätze, wir werden keine Zeit haben, uns besser kennenzulernen." Ihr Blick wanderte an Julies schlanker Statur auf und ab und sie presste die Lippen zusammen. „Das ist wirklich zu schade. Ich liebe es, Gesellschaft von außerhalb zu haben. Aber es scheint, als gäbe es eine gewisse Eile."

Schritte – schwere Schritte – polterten bereits die Treppe hinauf.

Schwester Christine drücke die Schultern durch und sah ganz und gar wie eine Königin aus. *Sollen sie mal versuchen, sich mit mir anzulegen,* sagte ihre Haltung. Dann drehte sie sich zu Seb um und zwinkerte ihm zu, als wollte sie sagen: *Überlasse das ruhig mir.*

Seb hielt den Atem an. Er hatte ja auch keine andere Wahl, nicht wahr?

Kapitel 24

Die Tür flog auf und ein Mann, den Seb für Professor Leeds hielt, stolperte herein. Er hatte dieses akademische Tweed-Erscheinungsbild, auch wenn er gar keinen Tweed trug. Einen Sekundenbruchteil später rückte sich der Mann die Krawatte zurecht, als wäre er von einem Butler hereingebeten worden, anstatt einfach so in den Raum zu platzen.

Hernandez war ihm zusammen mit mehreren weiteren Männern direkt auf den Fersen. Bei den Polizisten handelte es sich um diese bulligen, in Braun gekleideten Männer, die Hernandez unterstanden. Sie hörten nicht auf, sich zu bekreuzigen. Leeds Bande war weniger stämmig, dafür aber umso berechnender mit den Blicken, die sie auf die Möbel und Antiquitäten warfen, die diesen Raum füllten. Fast, als wären sie in eine Goldmine gestolpert.

Leeds und Julie beäugten sich gegenseitig wie ein paar wütende Schlangen, während die anderen wie Geier zusahen. Dann drängte sich ein Mann in Gärtnerkleidung an den anderen vorbei und fing an, entschuldigend mit der Oberin zu sprechen.

Schwester Christine winkte unbeeindruckt mit der Hand und als sie den Mund zum Sprechen öffnete, verstummten alle im Raum. Einfach so.

Das Einzige, was Seb verstand, als Schwester Christine den Gärtner auf Spanisch tadelte, war sein Name, Roberto. Er war derjenige, an den das Paket adressiert gewesen war.

Seb versteifte sich. Gott, das hier wurde von Minute zu Minute schlimmer.

Dann wechselte die Nonne ins Englische – ob sie die anderen damit aus dem Gleichgewicht bringen wollte, oder damit er auch alles verstand, konnte Seb nicht sagen. Aber Roberto wich hinter die anderen zurück. Er warf Julie und Seb Blicke zu, die töten könnten.

„Gentlemen", begann Schwester Christine.

Julies Augen blitzten bei dem Wort *Gentlemen* auf und Seb musste zustimmen.

Gentleman war eine Übertreibung für diese Diebe. Hernandez und Leeds beäugten sich gegenseitig wie vertraute Gegenspieler, die schon seit Jahren am selben Tisch spielten. Seb stellte sich vor, wie Leeds Hernandez etwas unter der Nase weg schmuggelte, dann einen Fehltritt beging und sein Geld oder ein Artefakt konfisziert wurde. Nicht, dass Hernandez es ausliefern würde. Nein, er würde seinen eigenen Profit aus den Artefakten schlagen und Leeds laufen lassen, damit die nächste Runde beginnen konnte. Katze und Maus. Raubtier und Beute. Manchmal gewann der eine, manchmal der andere. So oder so, jemand profitierte immer.

Schwester Christine starrte die Eindringlinge an, bis alle einen Schritt zurückwichen.

„Mein lieber Professor Leeds, es ist immer eine Freude, Sie zu sehen", sagte sie in trockenem Ton. Sie streckte Julie eine Hand entgegen, die ihr die Marlboro-Schachtel reichte. „Was ich nicht verstehe, ist, warum Sie Ihre Studentin mit einem Paket belasten, das Sie auch selbst hätten abliefern können."

„Als ich hörte, dass das Geschenk nicht abgeliefert worden war, wollte ich nach ihr sehen", antwortete er. „Die Straßen können so gefährlich sein, wissen Sie."

Die gute Schwester schnaubte. „Für mich sieht sie mehr als fähig aus."

Ja, die Nonne stand definitiv nicht auf Leeds Seite. Sie tat sich wohl eher mit Julie zusammen, um ihre weibliche Solidarität zu zeigen.

Als Schwester Christine begann, die Schachtel zu öffnen, eilte Leeds vor und streckte eine Hand aus. „Warten Sie. Es gab einen Irrtum."

Schwester Christine starrte ihn mit einem Blick an, der sagte: *Wagen sie es ja nicht, fortzufahren,* und Leeds erstarrte. Ihr

Finger steckte bereits unter der Verschlussklappe der Schachtel und sie öffnete sie leicht.

„Ein Irrtum?" Sie zog eine Augenbraue hoch und schaute in die Schachtel. Ihre Augen blitzten auf, nicht vor Überraschung oder Angst, sondern mit Erkenntnis.

Seb wusste auf Anhieb, dass Leeds seine Gegenspielerin gefunden hatte. Schwester Christine war kühn, frech und selbstbewusst. Sie war offensichtlich schon lange genug dabei, um zu wissen, was Sache war. Ihr Blick huschte zu Roberto im hinteren Teil der Menge und Seb sah, wie er zurückschreckte. Ja, sie wusste ganz genau, was Sache war.

Wusste sie, dass Leeds in den illegalen Handel von Antiquitäten verwickelt war und dass Roberto als Mittelsmann diente? Wahrscheinlich. Aber es gab schlimmere Verbrechen im Dschungel und andere Schlachten zu schlagen. Wenn Leeds regelmäßig für die Zwecke des Klosters spendete, was kümmerte es dann die Nonnen, wenn kleinere Verbrechen unter den Tisch fielen?

Schwester Christine schüttelte das erste Bündel amerikanischer Geldscheine aus der Schachtel, ohne mit der Wimper zu zucken. Ihre Hand riss sie jedoch zu ihrer Brust hoch, um ihre Überraschung zu demonstrieren. „Oh! Professor Leeds! Was in aller Welt ist das?"

Sie schüttelte die Schachtel erneut und der Rest des Geldes purzelte heraus und kam in einem grünen Haufen neben dem Rosenkranz auf ihrem Schreibtisch zum Liegen.

Die grünen Scheine spiegelten sich in den Gläsern der Brille des Professors. „Es ist ... ähm... Madam, das sollte..." Er warf Julie einen Blick zu, der schrie, *Was haben Sie getan?*

Julie stellte sich dumm. „Es ist eine Spende, richtig?"

Die Polizisten beugten sich vor und lauschten.

„Spende?" Leeds sah panisch aus.

„Ihre Spende", fügte Julie hinzu. „Für das Waisenhaus."

Leeds schaute sich verzweifelt im Raum um. Hernandez und seine Kumpane knurrten geradezu. Seine eigenen Männer waren keine Hilfe, denn die starrten alle nur auf den Boden.

Schließlich ließ der Professor seine dünnen Schultern sinken und murmelte: „Ach ja, diese Spende."

„Das freut uns natürlich sehr!" Schwester Christine klimperte mit den Wimpern wie eine Frau, die nur halb so alt war wie sie. Dann wiederholte sie die Worte für die Handvoll Nonnen, die durch die Tür spähten, auf Spanisch.

„Gott segne Sie, Gregory Leeds!", verkündete Christine.

Die Nonnen stimmten ein wie eine Schar zwitschernder Tauben. „*Gracias, Señor* Leeds!" Ein halbes Dutzend kuttengerahmter Gesichter wippte.

„Die Kinder im Waisenhaus werden so dankbar sein! Das Kloster! Und der Bischof auch."

Wie aufs Stichwort drangen die Geräusche von fröhlichen Kindern durch die Fenster. Seb warf einen Blick hinaus und vorbei an der Außenmauer des Klosters, wo ein paar Dutzend Kinder aus einem kleinen Schulhaus strömten. So wie es aussah, hatten sie gerade Pause. Einen Moment lang fragte er sich, ob so etwas wie eine heilige Intervention gab, aber Schwester Christine hatte wahrscheinlich einen kleinen roten Knopf an der Unterseite ihres Schreibtisches. Gleich daneben bewahrte sie eine Schrotflinte auf. Er würde ihr beides zutrauen.

Schwester Christine warf einen Blick hinüber und zwinkerte ihnen zu.

Leeds tupfte sich die schweißnasse Stirn mit einem Taschentuch ab. „Der Bischof?"

„Für Ihre Spende, die Ihre wundervolle Mitarbeiterin zu uns gebracht hat!" Schwester Christine strahlte. Sie hatte einen Glanz in den Augen, als wäre dies der größte Spaß, den sie seit ihrem Weggang aus Brooklyn gehabt hatte.

Das war ja alles schön und gut, aber was war mit den Polizisten? Seb wusste, dass die Beule unter Hernandez' Jacke keine Dienstmarke war.

Schwester Christine war jedoch völlig unbeeindruckt.

„Und Sie, mein lieber *Capitán* Hernandez, sind gekommen, um sich zu vergewissern, dass es sicher ankommt, ja?"

Hernandez brachte ein kaltes Lächeln zustande. „Natürlich."

„Ich kann mir schon vorstellen, was Ihre Vorgesetzten sagen werden, wenn ich ihnen von Ihrer harten Arbeit berichte."

In diesen Worten war eine Warnung verschlüsselt, das konnte Seb gehören. *Ich weiß, welches Spiel Sie spielen,* sagte sie, *und ich kann Sie jederzeit zu Fall bringen, wenn ich es will.*

Hernandez riss die Hände nach oben. „Das wird nicht nötig sein."

Die Nonne ließ ein strahlendes Lächeln aufblitzen. Sie hatte die Situation genau richtig eingeschätzt und sie wusste es. Julie schaute sie ehrfürchtig an. Seb ebenfalls.

„Nun, das ist einfach wunderbar. Wunderbar!" Schwester Christine klatschte und wandte sich an Julie. „Meine Liebe, ich würde Ihnen gern richtig danken, aber ich weiß, wie eilig Sie es haben."

Julie sah ein wenig verloren aus. *Eilig?*

Seb griff nach ihrem Ellbogen. „Ja, wir haben es sehr eilig."

„Wie schade", sagte die Nonne.

„Wirklich schade", pflichtete Seb bei und trat einen Schritt auf die Tür zu.

Hernandez verkrampfte sich, als wollte er den Weg versperren, blieb aber stehen, als Schwester Christine einen Befehl bellte.

„Sie!" Alle erstarrten, als Schwester Christine die Männer anstarrte. „Den Rest von Ihnen lade ich gern zum Tee ein." Sie klatschte in die Hände und rief durch die Tür, bevor irgendjemand protestieren konnte. „*Hermana Maria!* Tee für diese Gentlemen, bitte!"

„Oh, das kann ich wirklich nicht annehmen", versuchte es Leeds.

„Mein lieber Professor, ich bestehe darauf. Eine Spende wie diese kann nicht unbelohnt bleiben. Und *Capitán* Hernandez!", rief Christine, als der sich gerade auf Julie zubewegte. Der Mann zuckte zurück wie eine Marionette an einer Schnur. „Sie und Ihre hart arbeitenden Männer müssen ausgehungert sein. Sie werden sich uns natürlich anschließen."

„Natürlich", murmelte er durch zusammengepresste Lippen.

„Ja, wir trinken alle zusammen Tee. Dann beten wir."

Wäre Seb einer der Männer gewesen, die in dieses Netz gezogen wurden, hätte er gestöhnt. Einige der Männer bekreuzigten sich ohnehin schon die ganze Zeit. Aber er und Julie warfen Schwester Christine noch einen letzten dankbaren Blick zu, dann sprinteten sie zur Tür hinaus. Eine Minute später blinzelten sie wieder in das tropische Sonnenlicht. Kurz darauf schwang er sich hinter Julie auf das Motorrad und schlang seine Arme fest um ihre Taille.

Brumm! Julie brauste durch den gewölbten Eingang vom Hof und – direkt in die Freiheit.

„Heiliger…", begann Seb und versuchte, alles zu verdauen, was soeben passiert war.

Er konnte Julie im Spiegel grinsen sehen. „Heiliger Strohsack ist richtig. Aber weißt du was?", rief sie über das Motorengeräusch hinweg.

„Was?"

„Ich denke, es ist an der Zeit, in den Sonnenuntergang zu segeln. Nur für alle Fälle."

Epilog

Einen Tag später in Pueblita, dreißig Kilometer südlich...

„Bist du dir sicher, Mann?"

Julie beobachtete, wie Seb seinen Bruder musterte und seinen Kiefer leicht hin und her bewegte, bevor er es noch einmal sagte. „Ich meine, bist du dir wirklich sicher?"

Tobin hingegen grinste auf seine typische Weise, sodass Julie zurücklächeln musste. Ein heißer Typ mit einem solchen Lächeln auf einem Motorrad? Sie bezweifelte, dass Tobin lange allein bleiben würde. Selbst mit der Wunde an seiner Wange war er immer noch etwas Besonderes.

„Ich bin mir sicher", sagte Tobin. „Das Boot war großartig – und Opa hatte recht, uns dazu gedrängt zu haben – aber es ist an der Zeit für etwas anderes."

Das schien ihr Stichwort zu sein, um etwas einzuwerfen, also tat sie es. „Du gehst nicht nur, um uns Freiraum zu geben, oder?"

„Hey, ich habe gerade vier Monate mit meinem Bruder auf einem Elf-Meter-Boot verbracht!" Tobin klopfte auf den Sattel ihres Motorrads. „Außerdem glaube ich, dass ich den besseren Teil des Deals bekomme."

Julie schüttelte den Kopf. Sie hatte auf jeden Fall den besseren Deal: Segeln mit Seb, anstatt allein auf Landstraßen herumzukurven. Es war schwer, ihr eigenes Glück zu fassen.

Schon verrückt, wie sich alles entwickelt hatte. Ganze vierundzwanzig Stunden waren vergangen, ohne dass sie gejagt, gefesselt oder angeschossen worden war. Sie und Seb hatten es ohne Probleme aus dem Kloster zurückgeschafft und Tobin genau dort gefunden, wo sie ihn vermutet hatten: auf einem

Hocker in der Strandbar, in der sie sich kennengelernt hatten. Nach einem hastigen Getränk – denn wer wusste schon, wie lange Schwester Christines Teestunde und Gebete Leeds und Hernandez aufhalten würden – trafen sie eine schnelle Entscheidung. Tobin würde das Motorrad südlich nach Pueblita fahren, während Julie und Seb sich ein Taxi zurück zu *Serendipitys* geheimer Bucht nahmen und die Segel setzten. Sie verabredeten sich für denselben Abend in Pueblita, wo sie eine Nacht lang über alles schlafen wollten. Wie Seb sagte, war es schwer, nach einer fast schlaflosen Nacht eine vernünftige Entscheidung zu treffen.

Nicht, dass sie und Seb in ihrer ersten gemeinsamen Nacht allein auf der *Serendipity* viel Schlaf bekommen hätten. Der Adrenalinspiegel war zu hoch und ihren eigenen Piraten ganz für sich allein zu haben, war zu schön, um zu widerstehen.

Ihr erstes Mal – im Cockpit – war schnell und wild und ineinander verschlungen auf einem der Sitze. Das zweite Mal passierte langsam und süß auf der bequemen Matratze in der vorderen Kabine. Und das dritte Mal? War einfach magisch, als der Vollmond auf den Rücken ihres Geliebten schien, während sie aneinandergeschmiegt auf dem Deck am Bug des Bootes unter den Sternen lagen. Und ja, Seb hatte ihr dabei die ganze Zeit in die Augen gesehen und zugeschaut, wie sie den Verstand verlor, bis er ihr in einen unbeschreiblichen Rausch folgte. Sie hatte sich danach noch lange an Seb festgehalten und das hatte nichts mit dem sanften Schaukeln des Bootes zu tun gehabt.

Jetzt befanden sie sich wieder am Ufer, alle drei, und verabschiedeten sich.

„Ich glaube, auf diesem Ding bin ich im Handumdrehen in Panama." Tobin strich mit einer Hand über den Tank des Motorrads.

„Lucy", sagte Julie. „Das Motorrad heißt Lucy."

Tobin lachte. „Ich dachte, nur Jungs benennen ihre Motorräder nach Mädchen."

„Da hast du recht. Der Typ, von dem ich es gekauft habe, hat es Lucy genannt. Er sagte, es würde Unglück bringen, den Namen zu ändern."

„Wie bei einem Boot", stimmte Seb zu.

Tobin zwinkerte ihnen verschmitzt zu. „Nun, ich glaube, Lucy und ich werden viel Glück zusammen haben. Und ihr beide auch."

Julie wurde es wieder ganz warm ums Herz. Sie und Seb bekamen die zweite Chance, an die sie fast schon nicht mehr geglaubt hatte. Die Chance, mehr als nur ein paar überstürzte Tage miteinander zu verbringen. Und danach... Sosehr sie sich auch bemühte, nichts zu überstürzen, fiel es ihr schwer, sich nicht mehr vorzustellen. Viel mehr, für eine lange, lange Zeit. Ein Leben lang.

„Sieh nur zu, dass du tatsächlich auch an deiner Doktorarbeit schreibst." Tobin zwinkerte ihr zu.

„Doktorarbeit? Welche Doktorarbeit?", scherzte sie.

Aber ja, er hat recht. Ursprünglich hatte sie vorgehabt, nach Hause zu fahren und die nächsten Monate an ihrer Doktorarbeit zu arbeiten. Aber das konnte sie genauso gut vom Boot aus tun und das wenige Geld des Stipendiums, das sie noch übrig hatte, würde in Mittelamerika länger reichen als zu Hause. Vielleicht würden sie sogar ein paar Monate herausquetschen können. Wer wusste das schon? Auch Seb hatte genügend Ersparnisse, um diesen Traum noch ein wenig zu verlängern, bevor er ins wirkliche Leben und zu seinem Job zurückkehren musste. In der Zwischenzeit würden sie den Traum leben. Palmen, Inseln, Sonnenuntergänge. Gott, das Leben konnte so schön sein.

„Bist du dir sicher, dass du dir sicher bist?" Dieses Mal richtete Seb seine Frage an Julie.

Sie drehte sich um und sah Sorgenfalten auf seiner Stirn. Glaubte er wirklich, sie könnte jetzt noch an ihm zweifeln? Ja, eine feste Beziehung war Neuland für sie, aber sie war sich noch nie in ihrem Leben einer Sache sicherer gewesen.

Sie strich mit einem Finger an seinem Kinn entlang. „Dein Problem wird es sein, mich loszuwerden, Pirat, nicht andersherum."

Er zog sie in eine feste Umarmung. „Kein Problem, Julie." Er strich ihr mit der Hand über das Haar, als wollte er sich vergewissern, dass sie tatsächlich real war. „Kein Problem."

Sie hätte ewig dortbleiben können, aber es war an der Zeit, weiterzuziehen. Das nächste Abenteuer wartete schon: eine mehrtägige Überfahrt nach Honduras, so bald wie möglich. Auch Tobin musste sich auf den Weg machen. Je schneller sie alle Belize verließen, desto besser. Nur für den Fall der Fälle.

„Hey, wer weiß", sagte Tobin, als Seb ihn in eine Umarmung zog und ihm auf den Rücken klopfte. „Vielleicht treffen wir uns ja in Panama."

„Ja, wer weiß." Sebs Stimme brach ein wenig bei den Worten.

Sie lösten die Umarmung, standen sich aber noch einen Moment lang Auge in Auge gegenüber. Es war wieder einer dieser Momente, die niemals auf Film festgehalten werden konnten, denn so viele Gefühle – brüderliche Liebe, ein wenig Sorge und neu gewonnener Respekt – ließen sich nur schwer auf ein Foto quetschen. Julie beobachtete sie und prägte sich den Moment ganz genau ein. Sie hatte das Gefühl, dass sie das in den nächsten Monaten noch oft tun würde.

Dann zog Tobin sie ebenfalls an sich und es wurde eine Umarmung zu dritt – und das war sogar noch besser.

„Sei vorsichtig, Mann." Seb drückte seinem Bruder die Schulter.

„Erzähle Mom nichts von dem Motorrad." Tobin zwinkerte ihr zu und zeigte dann mit dem Finger auf Julie. „Und du, keine Lieferungen mehr."

„Niemals." Diese Lektion hatte sie gelernt.

Tobin ließ sich auf den Sitz des Motorrads gleiten und warf den Motor an. Er lächelte noch einmal, hob zwei Finger zum Gruß vom Lenker und fuhr die Straße hinunter.

Seb legte Julie einen Arm um die Schultern, als sie Tobin davonfahren sahen. Sie spürte, wie sich seine Brust zu einem Seufzer hob.

„Aufgepasst, *Chicas*", sagte sie nur halb im Scherz. „Er wird mit Sicherheit eine Spur von Frauen mit gebrochenem Herzen von hier bis Kolumbien hinterlassen."

Seb tippte mit den Fingern auf ihren Arm. „Da bin ich mir nicht so sicher. Er hat das Buch eingepackt."

„Welches Buch?"

„Das mit dem Bild drin. Das Foto von ihm und Cara.“

Sie betrachtete die Staubspur, die Tobin aufgewirbelt hatte, und dachte darüber nach. „Vielleicht ist es leichter, anderen das Herz zu brechen, wenn das eigene wehtut.“

„Vielleicht“, seufzte Seb. „Komisch, dass es vorher noch nie wehgetan hat, ihn gehen zu sehen.“ Er schüttelte den Kopf über seine eigenen Worte und zog sie an seine Brust. „Aber das hier macht es mehr als wett.“

Sie verbarg ein Lächeln an seinem T-Shirt. „Das hier?“

„Du. Ich. Wir.“

Das Geräusch des Motorrads verstummte und das Rauschen der Wellen trat wieder in den Vordergrund. Schließlich seufzte sie. „Komm schon, Seemann, lass uns aufbrechen.“

„Bist du dir sicher, dass du mit einer Fahrt aufs offene Meer zurechtkommen wirst?“

„Ich glaube, ich kann meinem Kapitän vertrauen.“

Er errötete. Ein rosa Pirat. Sie mochte diesen Anblick, also fuhr sie fort. „Solange wir irgendwo auf unserer eigenen tropischen Insel landen. Ich schulde dir eine Nacht mit Missionarsstellung am Strand.“

„Im Mondschein“, nickte er und sein Grinsen wurde breiter. „Denkst du etwa, ich hätte es vergessen?“ Er strich mit den Fingern sanft an ihrem Arm hinauf. „Ich weiß genau, wo ich anfange.“

Sie zog eine Augenbraue hoch und tat so, als würde es ihr nicht völlig warm werden. „Wo?“

Er fuhr mit einem Finger leicht über ihre Wange. „Ich kann dir nicht die ganze Fantasie auf einmal verraten, weißt du.“

Sie griff fester in sein T-Shirt. „Vielleicht nur einen kleinen Tipp?“

Seb strich mit seinen Lippen direkt über der Vertiefung an ihrem Schlüsselbein über ihre Haut. „Genau hier“, flüsterte er und arbeite sich seinen Weg zu ihrem Ohr nach oben. „Ich weiß genau, wo ich anfange, wo wir aufhören und alles dazwischen.“

„Klingt gut“, murmelte sie und ließ ihre Hände über seinen festen Hintern gleiten.

Sein Atem war weich und minzig an ihrer Kehle und es kostete sie alle Kraft, ihn nicht in den Sand zu werfen und ihn genau dort an Ort und Stelle zu vernaschen.

Er zog sich so unwillig zurück wie ein Mann, der gerade aus einem sehr guten Traum erwachte. „Aber ich denke, das hier ist weder der richtige Ort noch die richtige Zeit. Wir sollten uns auf den Weg machen."

Seb führte sie den Strand hinunter zum Schlauchboot und sie schmiegten sich aneinander. „Wohin genau?"

Seb streckte einen Arm in Richtung Meer aus: ein weiter Horizont mit Streifen von Grün, Türkis und strahlendem Blau. „In unbekannte Gewässer, mein Schatz. Aber irgendwo dort draußen wartet ein weiteres Cayo Coco auf uns." Er lehnte sich vor und senkte seine Stimme. „Und sobald wir dort ankommen, bleiben wir eine Woche und kümmern uns nur um uns."

Sie verbarg ihr Erröten mit einem Lachen. Der geradlinige Geschäftsmann war wirklich zu einem Seeräuber geworden.

„Sagen wir, es ist ein Date", scherzte sie und wünschte sich dann, sie hätte es nicht getan. Mit genau diesen Worten hatten sie sich vor zwei Monaten getrennt.

Seb schaute ihr mit einem so ernsten Blick in die Augen, dass sie dahinschmolz. „Es ist kein Date", flüsterte er. „Es ist ein Versprechen."

Anmerkung der Autorin

Zwar gibt es in Belize tatsächlich eine Reihe beschaulicher Städtchen am Strand, doch Santa Marta und das Coco Loco Café sind fiktive Orte, die ich aus den besten (und schlimmsten) Elementen des wirklichen Lebens zusammengesetzt habe. Auch Cayo Coco ist ein Produkt meiner Fantasie, aber vor der Küste von Belize gibt es Hunderte von Inseln, die genauso aussehen. Ich muss zugeben, dass ich das schöne Kloster aus der Kolonialzeit aus Guatemala verpflanzt habe, aber Schwester Christine basiert auf einer echten Nonne, bis hin zu ihrer frechen New Yorker Art!

Sneak Peek: Süße Verstrickung

Karibische Abenteuerromantik, Buch 2

Cara Leoni ist in kein Bergdorf in Mittelamerika gewandert, um den Regenwald zu entdecken; sie kam, um einen Geschäftsvertrag abzuschließen. Alles hängt davon ab: Ihr Job, ihre Zukunft, ihr Stolz. Der Haken? Ihre Konkurrenz hat bereits ein eigenes Abkommen mit dem örtlichen Häuptling ausgehandelt. Jetzt ist sie im Dschungel gefangen, die Uhr tickt und ihre einzige Hoffnung ist der Mann, von dem sie sich geschworen hat, ihm nie wieder zu vertrauen.

Tobin Cooper wollte eigentlich nur ein paar faule Wochen an einem sonnigen Strand in Panama verbringen. Doch ehe er sich versieht, rast er mit seinem rostigen Motorrad in die Wildnis. Giftige Schlangen, vergiftete Pfeile und skrupellose Drogenhändler sind nicht halb so beängstigend wie die Vorstellung, seine Ex-Verlobte wiederzusehen. Die Chancen für ein episches Scheitern stehen neunundneunzig zu eins, aber zur Hölle, er hat schon sein ganzes Leben in dieser Ein-Prozent-Zone gelebt. Aber dieses Mal geht es nicht um Abenteuer – es geht ums Überleben. Wenn Cara und er dem Dschungel lebend entkommen wollen, müssen sie das Vertrauen zueinander wieder aufbauen – einen Kuss nach dem anderen.

Weitere Titel von Anna Lowe

Karibische Abenteuerromantik

Funken der Lust

Prickelndes Wagnis

Süße Verstrickung

Verlockende Tiefe

Sinnliche Strömung

Aloha Shifters - Juwelen des Herzens

Der Ruf des Drachen (Buch 1)

Der Ruf des Wolfes (Buch 2)

Der Ruf des Bären (Buch 3)

Der Ruf des Tigers (Buch 4)

Die Verlockung des Drachen (Buch 5)

Der Ruf des Fuchses (Buch 6)

Aloha Shifters - Perlen des Verlangens

Drachenrebell (Buch 1)

Bärenrebell (Buch 2)

Löwenrebell (Buch 3)

Wolfsrebell (Buch 4)

Rebellenherz (Buch 5)

Alpharebell (Buch 6)

Töchter des Feuers - Billionaires & Bodyguards

Töchter des Feuers: Paris (Buch 1)

Töchter des Feuers: London (Buch 2)

Töchter des Feuers: Rom (Buch 3)

Töchter des Feuers: Portugal (Buch 4)

Töchter des Feuers: Irland (Buch 5)

Töchter des Feuers: Schottland (Buch 6)

Töchter des Feuers: Venedig (Buch 7)

Töchter des Feuers: Griechenland (Buch 8)

Töchter des Feuers: Schweiz (Buch 9)

Die Wölfe der Twin Moon Ranch

Verlockung des Jägers (Buch 1)

Verlockung des Wolfes (Buch 2)

Verlockung des Mondes (Buch $2\frac{1}{2}$ – Vier Kurzgeschichten)

Verlockung des Alphas (Buch 3)

Verlockung der Wölfin (Buch 4)

Verlockung des Herzens (Buch 5)

Weihnachtsverlockung (Buch 6)

Verlockung der Rose (Buch 7)

Verlockung des Rebellen (Buch 8)

Verlockende Begierde (Buch 9)

Verlockung der Nacht (Buch 10)

Die Bären des Blue Moon Saloons

Perfekte Gefährten (die Vorgeschichte)

Verlangen des Bären (Buch 1)

Verlangen des Wolfes (Buch 2)

Verlangen des Alphas (Buch 3)

Verlangen des Gefährten (Buch 4)

Verlangen der Wölfin (Buch 5)

Süßes Verlangen (ein Festtagsschmaus)

Gestaltwandler in Vegas

Wolfspoker

Bärenpoker

Pantherpoker

Drachenpoker

www.annalowe.de

Über Anna Lowe

USA Today und Amazon Bestseller Autorin Anna Lowe
schreibt fesselnde Romane mit tatkräftigen Heldinnen und un-
widerstehlichen Helden in exotischen Umgebung, mit jeder
Menge Zündstoff für scharfe Romantik.

Sie liebt Hunde, Sport und Reisen, die auch die Inspiration
für Ihre Bücher liefern. Wenn Anna nicht gerade in die Arbeit
an ihrem nächsten Buch vertieft ist, kannst Du Sie am Wo-
chenende beim Wandern in den Bergen antreffen. Egal wo und
wie – sie wird den Tag mit einem leckeren Stück Zartbitter-
schokolade ausklingen lassen.

Einfach mal vorbeischauen, auf **www.annalowe.de***.*